2020 유심작품상 수상문집

2020 유심작품상 수상문집

초판1쇄 인쇄 2020년 7월 25일
초판1쇄 발행 2020년 8월 1일
엮은이 : 만해사상실천선양회
펴낸이 : 김향숙
펴낸곳 : 인북스
주소 : 경기 고양시 일산서구 성저로 121, 1102-102
전화 : 031) 924 7402
팩스 : 031) 924 7408
이메일 editorman@hanmail.net

ISBN 978-89-89449-75-1 03810

값 12,000원

이 도서의 국립중앙도서관 출판예정도서목록(CIP)은 서지정보유통지원시스템 홈페이지(http://seoji.nl.go.kr)와 국가자료종합목록 구축시스템(http://kolis-net.nl.go.kr)에서 이용하실 수 있습니다.(CIP제어번호: CIP2020029334)

*잘못된 책은 바꾸어 드립니다.

2020

운심 작품상

인북스

유심작품상은…

독립운동가이자 불교사상가이며《님의 침묵》을 쓴 탁월한 시인인 만해 한용운 선생(1879~1944)의 업적을 기리고 그 정신을 계승하고자 만해사상실천선양회가 제정한 문학상이다. '유심작품상'이라는 명칭은 만해가 1918년 9월에 창간했던 잡지《유심》에서 따온 것이다. 유심작품상은 만해문학정신을 계승하기 위해 2003년부터 시, 시조, 평론 분야로 나누어 수상자를 선정, 시상해 왔으며 올해로 18회째 수상자를 배출했다.

2020년도 시상식: 8월 11일 오후 6시 만해마을 님의침묵 광장

제18회 유심작품상

만해 한용운 선생의 문학적 업적을 기리고 현대 한국문학의 수준을 한 단계 높여준 작품을 발표한 문학인들을 격려하기 위해 제정한 '제18회 유심작품상' 수상자를 아래와 같이 발표합니다.

만해사상실천선양회

부문별 수상자

시부문   함민복(시인)

        수상작 '악수'

시조부문   박시교(시조시인)

        수상작 '무게고(考)'

평론부문   이승하(문학평론가)

        수상저서 '한국 시조문학의 미래를 위하여'

특별상   오탁번(시인)

제18회 유심작품상 심사위원

심사위원장   이근배(시인, 예술원 회장)

심사위원

김제현(시조시인) 박형준(시인) 신달자(시인, 예술원 회원)

오세영(시인, 예술원 회원) 유자효(시인)

이숭원(문학평론가, 서울여대 명예교수) 최동호(시인, 예술원 회원)

유심작품상 역대수상자

제1회 2003

 이상국 (시)
 홍성란 (시조)
 이남호 (평론)

제2회 2004

 정끝별 (시)
 고정국 (시조)

제3회 2005

 방민호 (평론)
 문태준 (시)
 이지엽 (시조)

제4회 2006

 유성호 (평론)
 이은봉 (시)

제5회 2007

 오승철 (시조)
 권혁웅 (평론)
 정완영 (특별상)
 서정춘 (시)
 이 경 (시)

제6회 2008

 이근배 (시조)
 이상옥 (평론)
 고 은 (특별상)
 이가림 (시)
 유자효 (시조)

제7회 2009

 김종회 (평론)
 김재홍 (특별상)
 유안진 (시)
 백이운 (시조)
 박찬일 (평론)

제8회 2010

 권기호 (특별상)
 김교한 (특별상)
 김초혜 (시)
 조동화 (시조)
 서준섭 (평론)

제9회 2011

강은교 (시)　　　　김일연 (시조)

제10회 2012

홍용희 (평론)　　　이홍섭 (시)　　　이종문 (시조)

제11회 2013

김광식 (학술)　　　최동호 (시)　　　박현수 (학술)

제12회 2014

신달자 (시)　　　　윤금초 (시조)

제13회 2015

장영우 (학술)　　하인즈 (특별상)　　박형준 (시)　　김복근 (시조)　　이숭원 (평론)

제14회 2016

이영춘 (특별상)　　곽효환 (시)　　김호길 (시조)　　이도흠 (학술)

제15회 2017

권영민 (특별상)

제16회 2018

나태주 (시)　　김제현 (시조)　　천양희 (특별상)　　고형렬 (시)　　박방희 (시조)

제17회 2019

송준영 (학술)　　이상범 (특별상)　　이재무 (시)　　김영재 (시조)　　이경철 (평론)

차 례

● 시부문 함민복

● 평론부문 이승하

● 특별상 오탁번

함민복

함민복 / 1962년 충북 중원 출생. 서울예전 문예창작과 졸업. 1988년 《세계의 문학》으로 등단. 시집으로 《모든 경계에는 꽃이 핀다》 《우울 씨의 1일》 《자본주의의 약속》 《말랑말랑한 힘》 《눈물을 자르는 눈꺼 풀처럼》 등과 동시집 《노래는 최선을 다해 곡선이다》 산문집 《눈물 은 왜 짠가》 《길들은 다 일가친척이다》 등이 있다. 젊은예술가상, 김 수영문학상, 애지문학상 등 수상. hminbok@hanmail.net

악수

하루 산책 걸렀다고 삐쳐
손 내밀어도 발 주지 않고 돌아앉는
길상이는 열네 살

잘 봐
나 이제 나무에게 악수하는 법 가르쳐주고
나무와 악수할 거야
토라져
길상이 집 곁에 있는
어린 단풍나무를 향해 돌아서는데

가르치다니!

단풍나무는 세상 모두와 악수를 나누고 싶어
이리 온몸에 손을 달고
바람과 달빛과 어둠과
격정의 빗방울과
꽃향기와

바싹 마른 손으로 젖은 손 눈보라와
이미
이미
악수를 나누고 있었으니

길상아 네 순한 눈빛이
내게 악수하는 법을 가르쳐주었었구나

—《창작과 비평》 2020년 봄호

삶의 뒤안길에 던지는 따뜻한 사색

함민복의 시는 쉽다. 우리가 일상생활에서 쓰는 자연스러운 말로 시를 전개하여 평이하고 막힘없이 술술 읽히기 때문이다. 그런데 우리가 그런 시 세계에 평온하게 젖으려 할 때, 우리의 마음을 급습하듯 탁 막히게 하는 기막힌 도약의 순간이 펼쳐진다. 함민복은 바로 시를 굴리고 접음에 있어 읽는 이에게 변화의 묘미를 자연스럽게 느끼게 하는 귀신 같은 신통함의 경지를 가지고 있다.

수상작 〈악수〉는 열네 살 먹은 늙은 개와의 산책 이야기를 들려준다. 정확하게 말하면 하루 산책을 걸렀다고 삐친, 화자가 '길상이'라고 부르는 늙은 개와의 이야기이다. 먼저 화자는 토라진 늙은 개에게 악수란 어떻게 하는 것인지, 화해는 어떻게 하는 것인지 나무와 악수하는 법을 가르쳐줌으로써 알려주려고 한다. 사람과 개와 나무를 한 자리에 놓고 사람과 개를 혈연처럼 여기는 동심 어린 심상 세계가 미소를 머금게 하는 장면이다. 그런데 화자가 나무와 악수하겠다고 늙은 개의 집 곁에 있는 어린 단풍나무를 향해 돌아서는 바로 그 순간, 함민복 특유의 천진성의 역설이 우리의 가슴을 '탁' 치게 만든다. 단풍나무는 비록 어리지만, 세상의 모든 존재가 품고 있는 슬픔과 기쁨, 그리고 격정과 고난을 품어내고 달래기 위해 온몸에 손을 달고 이미 악수를 나누고 있었던 것이다.

함민복은 이 시에서 바람에 잎사귀를 흔들고 있는 단풍나무와 길상이의 순한 눈빛을 통해 사람과 자연 그리고 이 세계의 모든 존재가 어떻게 하면 따뜻하고 평등하게 서로를 품어 안고 위로해주는 '악수하는 법'에 가닿을 수 있는지 말해준다. 함민복의 〈악수〉에서 볼 수 있듯, 이 세상에서 늘 강하고 센 것만이 찬양받는 것은 아니다. 함민복의 시는 문명 비판적인 시각을 가지고 있음에도 불구하고, 역설적으로 앞으로 나아가기 위해 '백미러'를 보듯 우리 삶의 뒤안길에 있는 순한 존재들에게 따뜻하고 깊이 있는 사색의 눈길을 던진다. 우리 시단에서 시의 본령인 서정성을 빼어나면서도 자연스럽게 펼쳐내고 있는 함민복 시인의 유심작품상 수상을 진심으로 축하드린다.

심사위원 / 신달자, 박형준(글)

세계를 향한 경외심이 내 시의 출발

전등사를 품고 있는 정족산 자락에서 살아온 지 삼 년이 되었습니다. 정족산 위에 반달이 고즈넉하게 떠 있습니다. 태양과 지구와 달은 다 둥글다고 하는데 어찌 직선 그림자가 나와 달을 이등분하는지 반달은 볼수록 신기합니다. 당사자인 먼 달에게 직방으로 물어봐도 답은 없고 침묵만 빛납니다. 아니, 달은 시멘트로 된 작은 연못에 내려와, 이는 물결에 혼자서 춤을 추고 있습니다.

달은 어룽어룽 빛주름이 되고 부서져 반짝반짝 빛 조각이 됩니다. 등나무처럼 몸을 비틀고 순간 사라졌다가 나타나며 보름달이 되기도 합니다. 찰나에 자유자재로 상마저 바꾸는 달의 춤은 물속에서 유연하고 경쾌하지만 깊어 보입니다.

나는 앝아 달의 말을 알아듣지는 못하지만, 그래도 달이 있어 하늘을 자주 바라다보게 됨을 늘 고마워합니다. 근간에는 미세먼지 상태를 보려 더러 하늘을 보기도 합니다만 이기를 벗고 순수하게 하늘을 보며 마음을 만나기에는 달 보기가 제격인 것 같습니다.

정족산(鼎足山), 솥다리산은 이백여 미터로 낮은 산이지만 안개가 긴 날이면 멀어지고 높아집니다. 정족산성이 있어 공원 지역으로 묶인 덕택에 자연이 잘 보존되어 명망 높은 가객들이 모여들기도 하지요. 한겨울에는 부엉이가 밤 울음 당번이었는데 지금은 소쩍새가 이어받았다고 솥쩍 솥솥쩍 솥다리산에서 웁니다. 뻐꾸기 소리에 뒤늦게 온 꾀꼬리 소리까지 굵직한 소리꾼들이 다 합류해 소리 향연이 대단합니다.

이 외에도 산이 들려주는 소리가 많은데, 바람 소리도 좋지만 비 내리는 소리도 빼놓을 수는 없지요. 비 내리는 소리 중에서도 비가 오기 시작하는 소리는 소리의 백미이기도 하지요. 산의 높은 나뭇잎을 지나 호박잎과 장독대의 항아리와 지붕을 두드리며 달려오는 소리는 확, 온몸으로 들어와 버리지요.

만해의 시는 비가 오기 시작하는 소리처럼 어린 학동의 마음속으로 그리 달려 들어와 주었던 것 같습니다. 만해의 시 〈알 수 없어요〉는 세계를 향해 질문하는 법을 일깨워줬고, 세계는 끝없이 질문받아 마땅한 존재임도 일깨워줬습니다. 이제와 생각해보면 그때 받은 세계에 대한 경외심이 질문하려는 마음을 키워줬고 그 힘이 내 시의 출발이 되지는 않았나 싶기도 합니다.

'쇄신과 숙성'을 의미한다는 주역 50번째 정(鼎) 괘를 떠올려주는 정족산 아래서, 커지거나 작아질 수밖에 없는 정점에 선 반달을 보며 나는 "이별은 미의 창조입니다"라고 노래한 만해의 시 구절을 읊조려봅니다. 현재의 나와 이별하려면 끝없이 질문을 던져야 함을, 알 수 없음을 알아야 함을 깨닫습니다.

삶과 시가 일치하는 만해의 유심작품상을 받게 되어 영광스럽고 부끄럽습니다.

솥다리산 아래서 엎어 놓은 솥처럼 더 많이 비우고 정진하

20

라는 뜻으로 받아들이며, 만해사상실천선양회와 심사위원님
들께 감사의 말씀 올립니다.

함민복

버스에서 등 5편

임산부와 함께 앉게 되었네
아직 세상에 태어나지 않은
아이와 동행하게 되었네

아이와의 인연으로
내 인생이 길어지자
나는 무상으로 어려지네

버스가 조금만 덜컹거려도 미안한 마음 일고
따갑게 창문 통과하는 햇살 밉다가
길가에 핀 환한 코스모스 고마워지네

아이가 나보다 선한 나를
내 맘에 낳아 주네
나는 염치도 없어 순산이라네

— 《시와함께》 창간호(2019)

물경계

경계가 흐른다

옛사람들은 어찌 물로 경계를 삼았을까
흐르는 물은 누구도 소유할 수 없기에
흐르는 물은 누구도 소유해서는 안 되기에
경계에 물나라 생명 살리며
경계의 유연성으로 경계를 반성해 보란 말인가
물 위엔 다리
경계가 단절이 아닌 연결의 시작임을
경계가 중심이 아닌 테두리임을
거대한 물그릇에 모든 것들 담고 살아가다가
경계심이 일어나면 씻어 버리라는 복음인가

물로道와道물로군과군
물로里와里물로반과반
이에,
도랑개울하천강에

하늘도 내려와 함께 흐른다

—《현대시학》2018년 3/4월호

독상

시집을 읽는 밤
손가락 하나에도
가슴이 펼쳐지고 넘겨진다

고욤이 익어가는
세 발 정족(鼎足)산에서
네 발 달린 짐승이 울고

먼 비유를 확보한 시구가 아름다운 것은
없는 간격 애써 나눠놓은 것에 대한
미안한 마음의 발로인가

심장이 뻐근한데,
두 발로 서서, 끊고 싶은,
새벽 담뱃불을 달린다

죽음
이 완벽한
독상

시는 나름

최선을 다해

경계를 지워준다

　　　　　　　　　　　─《창작과 비평》 2020년 봄호

명맥(名脈)

이름을 검색하며 ㅎ을 치면 홈택스가
하를 치면 하나은행이 함을 치면 함양군청이 떠오르다가
함 ㅁ까지 치면
함무라비 법전과 함몰유두 수술 사이에
함 민복 이름이 뜬다
어떤 날은 함마드릴이
야구시즌에는 함민지라는 치어걸이
순서를 바꿔놓기도 하지만
대부분 법전과 유두가 이웃한다
덕분에 돌기둥에 새긴 이백팔십이 조로 된 함무라비법전과
우리나라 여성 백에 삼이 해당된다는 함몰유두도 공부해
보고
최초의 법전과 최초의 식사와의 연관성도 상상해보다
법전이 법치국가의 유두고
유두가 자본주의의 법전이라는 은유도 만들어본다
광부들이 금맥을 나침반 삼아 굴진하듯
명맥을 이정표 삼아 글자의 숲을 거닐다 보면
세상 사람들이 나를 향해 다가온,
내가 세상을 만나며 나눴던 생각들이
복제와 인용과 오독과 과장으로 살아 있고
때론 댓글로 종유석처럼 자라고도 있는

과거 속의 현재들
혹여 숨기고 싶은 부끄러움마저 검색되지 않을까
두려움의 바다도 펼쳐지는
여기는
함무라비법전과 함몰유두 사이에서
이름이 그물을 짜고 있는 광활한 불사의 땅
오늘도 또 다른 내가 만들어지고 있다

— 《현대시학》 2018년 3/4월호

섬과 뭍

아무리 커도
뭍보다 작음을 인정하는
섬은 늘 겸손하지요

그러나
작음이 뭍보다 큰 섬은
산과 들판과 바다의 푸름도 도시보다 크지요

푸름의 섬 도시에 사는 사람들은
푸름의 뭍,
섬을 찾지요

섬 속에 뭍이 있고
뭍 속에 섬이 있어

우리 섬 같은 사람들은
서로에게 뭍이 되고 섬도 되어
서로를 그리워하며 살아가지요

―《월간문학》 2018년 1월호

긍정적인 밥 등 7편

시(詩) 한 편에 삼만 원이면
너무 박하다 싶다가도
쌀이 두 말인데 생각하면
금방 마음이 따뜻한 밥이 되네

시집 한 권에 삼천 원이면
든 공에 비해 헐하다 싶다가도
국밥이 한 그릇인데
내 시집이 국밥 한 그릇만큼
사람들 가슴을 따뜻하게 덥혀줄 수 있을까
생각하면 아직 멀기만 하네

시집이 한 권 팔리면
내게 삼백 원이 돌아온다
박리다 싶다가도
굵은 소금이 한 됫박인데 생각하면
푸른 바다처럼 상할 마음 하나 없네

— 시집 《모든 경계에는 꽃이 핀다》(1996)

몸이 많이 아픈 밤

하늘에 신세 많이 지고 살았습니다

푸른 바다는 상한 눈동자 쾌히 담가주었습니다

산이 늘 정신을 기대어주었습니다

태양은 낙타가 되어 몸을 옮겨주었습니다

흙은 갖은 음식을 차려주었습니다

바람은 귓속 산에 나무를 심어주었습니다

달은 늘 가슴에 어미

피를 순환시켜주었습니다

— 시집《모든 경계에는 꽃이 핀다》(1996)

최제우*

하늘에서 나무대문 열리는 소리가 난다
어디로 가는가 기러기 떼
八 자 대형으로,
人 자 대형으로
동학군의 혼령인 듯,
하늘과 땅 사이에 사람 인 자 쓰며
人乃天
하늘을 자습(自習)하며 날아가는
기러기
저리 살아 우는 글자가 어디 또 있으랴
목을 턱 내밀고 날아가는 모습이 서늘하다

— 시집《말랑말랑한 힘》(2005)

* 최제우: 동학 1대 교주. 칼로 목을 내리쳤으나 쉽게 떨어지지 않았
다고 함.(학원출판공사 백과사전)

김포평야

김포평야에 아파트들이 잘 자라고 있다

논과 밭을 일군다는 일은
가능한 한 땅에 수평을 잡는 일
바다에서의 삶은 말 그대로 수평에서의 삶
수천 년 걸쳐 만들어진 농토에

수직의 아파트 건물이 들어서고 있다
농촌을 모방하는 도시의 문명
엘리베이터와 계단 통로, 그 수직의 골목

잊었는가 바벨탑
보라 한 건물을 쌓아 올린 언어의 벽돌
만리장성, 파리 크라상, 던킨 도너츠
차이코프스키, 노바다야끼……
기와불사하듯 세계 도처에서 쌓아 올리고 있는
이진법 언어로 이룩된
컴퓨터 데스크탑(塔)
이제 농촌이 도시를 베끼리라
아파트 논이 생겨
엘리베이터 타고 고층 논을 오르내리게 되리라

바다가 층층이 나누어지리라
그렇게 수평이 수직을 다 모방하게 되는 날
온 세상은 거대한 하나의 탑이 되고 말리라

김포평야 물 괸 논에 아파트 그림자 빼곡하다

— 시집《말랑말랑한 힘》(2005)

방울

수도꼭지를 조였다 풀었다
물줄기를 풀었다 조였다
수도꼭지 네 개에 물방울을 떨군다
(한파가 아니었다면 어찌 물방울을 만들어보았을까)

똑,
똑,
똑.
똑.

마음의 여린 길 잊지 않으려
눈물방울도 있었던가

전태일
김남주
리영희
김근태

사람 길 지키려 치열했던 방울들
작아 큰 울림
(한파가 아니었다면 어찌 사람방울을 생각해보았을까)
— 시집《눈물을 자르는 눈꺼풀처럼》(2013)

흔들린다

집에 그늘이 너무 크게 들어 아주 베어버린다고
참죽나무 균형 살피며 가지 먼저 베어 내려오는
익선이 형이 아슬아슬하다

나무는 가지를 벨 때마다 흔들림이 심해지고
흔들림에 흔들림 가지가 무성해져
나무는 부들부들 몸통을 떤다

나무는 최선을 다해 중심을 잡고 있었구나
가지 하나 이파리 하나하나까지
흔들리지 않으려 흔들렸었구나
흔들려 덜 흔들렸었구나
흔들림의 중심에 나무는 서 있었구나

그늘을 다스리는 일도 숨을 쉬는 일도
결혼하고 자식을 낳고 직장을 옮기는 일도
다
흔들리지 않으려 흔들리고
흔들려 흔들리지 않으려고
가지 뻗고 이파리 틔우는 일이었구나
— 시집《눈물을 자르는 눈꺼풀처럼》(2013)

ktx 역방향을 타고 가며

1.
애초 목적지를 등져보오
풍경과 멀어질 뿐 이별은 없소
죽음도 이와 같아서
등지고 살아보나
결국 등지고 달려가는 것
아하, 내가 아닌
풍경이 이제 나를 밀어내는구려
그동안 순방향에 퍽 섭섭했나 보오
등지고 가면 등 뒤 사람이 내 앞
내 앞사람이 내 뒤
역방향이 운명인 백미러여
너의 추억은 너의 앞에 있었구나

2.
건강을 위해 뒤로 걷는 것처럼
이것도 정신수련에 좀 도움이 될 성도 싶소
여보시오, 당신들이 내 뒤에
아니 내 앞에 있었던 풍경님들이요
고맙소 내 그대들 맞아주지 않았어도

나를 향해 달려왔구랴
멈춰 서서 달려오는구랴
기실 우리 삶도 등의 힘으로
앞으로 가는 것이 아니요
연필처럼 뒷걸음치며
살아내는 것 아니요
아하. 뒷꽁지에 달린
죽음이라는 지우개는 참 유효하오
열차여 목적지는 아직 멀었는가

3.
순방향에 비해 가격이 저렴한 까닭은 무엇이오
풍경을 미리 만나볼 수 없어서 그런 것이요
뒤로 달려가던 풍경들이
냅다 앞으로 물러나는구랴
출발지를 앞에다 두고 멀어짐도 묘한 매력이 있소
어쨌든 승객들 반반이 서로 마주 보고 앉은
장면에 데칼코마니 같은 박수를 보내보오
아하, 우리를 위해
달도 태양도

밝은 얼굴 우리 쪽 향하려
순방향과 역방향을 반복하며
긴긴 주행을 하고 있었구랴

—《작가들》2014년 가을호

성선설

손가락이 열 개인 것은
어머니 뱃속에서 몇 달 은혜 입나 기억하려는
태아의 노력 때문인지도 모릅니다

—《세계의 문학》1988년 가을호

자술연보

• 1962년 충북 중원군 노은면 문바위라 불리는 동네에서 농부의 아들로 태어났다. 노은면은 물이 서에서 동으로 흐르는 금이 많이 난다는 지세답게 한때 금광촌이 번성하기도 했었다. 금이 예전처럼 잘 나지 않자 광산의 남포 소리가 잦아들던 산골에서 농사를 짓는 농부들은 대부분 가난했다.

• 1976년 초등학교 선생님과 학교 급사 아저씨의 도움도 받아 중학교에 입학했다. '바위와 나무속에 뜻을 기르자'는, 같은 면 출신 신경림 시인이 작사한 교가를 부르며 학교에 다녔다. 장래희망란에 문학가라고 겁 없이 쓰기도 했다.

• 1978년 3년 동안 학비 및 기숙사비 전액을 장학금으로 해결할 수 있는 수도전기공업고등학교에 입학했다. 소설가가 되고 싶은 동기를 만나 함께 문학지와 신춘문예에 습작품을 응모하기도 했다.

• 1981년 한국전력에 입사하여 월성원자력발전소에서 발전소 운전원으로 근무하기 시작했다. 발전소 일이 적성에 맞지 않아 더 글을 써보고 싶어졌다. 채상근을 비롯한 몇몇 친구들과 문학동인을 결성하기도 했다.

• 1985~86년 보다 체계적인 문학 공부를 하고 싶어 다니던 직

장에 사표를 던졌다. 고향에서 단기사병으로 복무하던 중 병원도 못 가보고 아버지 타계. 가정에 경제적 도움을 줄 수 없음에, 자신의 꿈만을 앞세운 이기적 결정에 자책감이 들기도 했다.

- **1987년** 서울예대 문예창작과에 입학. 최하림, 이근배, 오규원 시인의 강의를 들었다. 초기에는 학교생활에 성실했으나, 6·10 명동성당 민주화항쟁에 참가한 후부터 학교 공부는 뒷전인 생활이 시작되었다.

- **1988년** 학업을 계속할 것인가 아니면 현장으로 들어가 노동운동을 할 것인가 고민 중, 이미 등단을 한 발전소 친구 채상근 집에 가 생각을 정리하며 쓴 시를 응모, 계간 《세계의 문학》에 시 〈성선설〉 등을 발표하며 등단하게 되었다.

- **1989년** 서울예대 여름학기 졸업. 시인 고 진이정, 유하, 고 허수경 등과 '21세기 전망' 동인 활동 시작.

- **1990년** 첫 시집 《우울 氏의 一日》(세계사) 출간.

- **1993년** 두 번째 시집 《자본주의의 약속》(세계사) 출간.

- **1996년** 강화도 화도면 동막리 빈 농가를 빌려 이주. 금호동 시절 시인 김완수, 이규도 등과 함께 살며 썼던 시들을 정리한 세 번째 시집 《모든 경계에는 꽃이 핀다》(창작과 비평사) 출간.

- 1998년 문화관광부 주관 '오늘의 젊은 예술가상' 수상.

- 2003년 첫 산문집 《눈물은 왜 짠가》(이레)출간.

- 2005년 네 번째 시집 《말랑말랑한 힘》(문학세계사)출간. 제7회 박용래문학상, 제24회 김수영문학상, 제2회 애지문학상 수상.

- 2006년 두 번째 산문집 《미안한 마음》(풀그림)출간.

- 2009년 포털 사이트 '다음'에 6개월간 연재했던 산문을 정리한 세 번째 산문집 《길들은 다 일가친척이다》(현대문학) 출간. 강화 앞바다에서 만난 물고기를 중심으로 한 첫 동시집 《바닷물에고, 짜다》(비룡소) 출간.

- 2011년 고향 이웃 면 친구 박영숙과 결혼. 시 해설집 《절하고 싶다》(사문난적), 시 카툰집 《꽃봇대》(대상미디어) 출간. 제6회 윤동주문학대상 수상.

- 2012년 제비꽃서민문학상 수상.

- 2013년 다섯 번째 시집 《눈물을 자르는 눈꺼풀처럼》(창작과비평사) 출간.

- 2014년 시선집 《당신 생각을 켜놓은 채 잠이 들었습니다》(시

인생각) 출간.

• **2017년** 한성옥 그림 함민복 글, 그림책《흔들린다》(작가정신)
출간.

• **2019년** 두 번째 동시집《노래는 최선을 다해 곡선이다》(문학
동네) 출간.

연구서지

이경호 〈텔레비전 속의 현실과 우울증의 나르시시즘〉《우울氏의
　　　一日》세계사, 1990.

함성호 〈공포의 서정, 환위의 시학〉《자본주의의 약속》세계사,
　　　1994.

전정구 〈진실의 가면〉《약속 없는 시대의 글쓰기》시와시학사,
　　　1995.

문선영 〈패러디와 문화비평〉 김준오 편《한국 현대시와 패러디》
　　　현대미학사, 1996.

오세영 〈이미저리의 직조 – 정해종, 함민복, 이인순〉《변혁기의
　　　한국현대시》새미, 1996.

차창룡 〈달빛과 그림자의 경계에 서서〉《모든 경계에는 꽃이 핀
　　　다》창작과비평사, 1996.

이문재 〈애비는 테레비였다 – 서울, 자본주의, 그리고 연꽃 한 송
　　　이〉《문학동네》1998 여름.

강정구 〈새로운 권력의 형성과 주체의 대응: 김승희, 함민복, 서
　　　정학의 시를 중심으로〉《고황논집》경희대학교 대학원,
　　　1999.

백인덕 〈90년대 시에 나타난 서정 인식의 변모 양상〉《한국언어
　　　문학》18집, 한국언어문학회, 2000.

이경수 〈뼘의 상상력과 시의 운명〉《시안》2001 가을.

이혜원 〈시로 그린 진경산수 – 함민복의 시 〈논 속의 산그림자〉〉
　　　《현대시 깊이 읽기》2002.

노용무 〈자본주의의 약속, 그 절망과 반란의 글쓰기 – 함민복의 《자본주의의 약속》론〉《한국문학이론과 비평》18집, 한국문학이론과비평학회, 2003. 3.

노용무 〈뻘의 상상력과 근대성에 대한 사유 – 함민복의 '뻘에 말뚝박는 법'을 중심으로〉《한국언어문학》50집, 한국언어문학회, 2003. 5

고선주 〈하얗게 떠오르는 길: 뻘의 말랑말랑함과 수평의 미학 – 함민복 시집《말랑말랑 힘》서평〉《열린시학》2005.

서준섭 〈반복, 생성, 차이 – 최근 한국문학에 나타난 불교적 상상력의 몇 가지 양상〉《불교문예》10주년 기념토론회, 2005.

이형권 〈한국현대시의 미국문화 수용에 관한 탈식민주의적 연구〉《어문연구》3호 2005.

이혜원 〈평범한 마음의 길〉한국간행물윤리위원회, 2005.

노용무 〈허구와 실재의 경계에 놓인 시학 – 함민복론〉《어문연구》4호, 2006. 2.

정끝별 〈강화도 뻘에서 뭘 찾으시니껴?〉《그리운 건 언제나 문득 온다》이레, 2007.

김양헌 〈명사의 반란, 동사의 쟁기질 – 함민복과 차창룡의 언어〉《이 해골이 니 해골이니?-말의 감옥, 시의 속살》고요아침, 2008.

노용무 〈길과 그림자로 이어진 뻘의 상상력 – 함민복의 《말랑말랑한 힘》론〉《한국언어문학》65집, 2008.

황기남 〈함민복 시 연구〉한국교원대 석사논문, 2008.

김혜니 〈우주창조의 비밀 – '모든 경계에는 꽃이 핀다'를 중심으로〉《이제 희망을 노래하련다: 90년대 우리 시 읽기》이

화현대시연구회, 2009.

정끝별 〈자본주의의 약속으로부터 추방당한 시인 – 함민복의 시〉《파이의 시학》문학동네, 2010.

강신주 〈대중문화의 유혹을 거부하며 – 함민복과 기드보르〉《철학적 시 읽기의 괴로움》도서출판 동녘, 2011.

오수연 〈현대시의 대중적 소통에 관한 고찰〉《어문연구》2011.

조강석 〈관계들의 리듬을 보다〉《불교문예》2011. 여름호.

허현경 〈함민복 시에 나타난 '일상성' 연구〉한국교원대 석사논문, 2012.

김소연 〈자본주의 생태계에서 뜨겁고 깊고 단호하게 살아가기: 작가 조명 – 함민복 시집《눈물을 자르는 눈꺼풀처럼》〉《창작과 비평》2013.

문혜원 〈경험에서 이끌어낸 실존론적 사유〉《눈물을 자르는 눈꺼풀처럼》창비, 2013.

김용만 〈반성문을 쓰게 하는 함민복의 시〉《김용만 소설가의 시 읽기》한국문연, 2016.

이성혁 〈세계의 시적 포착과 비월적인 상상력(이달의 시인 평론)〉《시와 표현》2016. 6.

임우기 〈시(詩)라는 이름의 삶 1: 함민복 시집《눈물을 자르는 눈꺼풀처럼》서평〉《네오 샤먼으로서의 작가》아트인라이프, 2016.

박현솔 〈경계의 유연성과 그리움의 발원 – 함민복 시인의 근작시를 중심으로〉《문학과 사람》2018 가을.

삶으로서 함민복과 그의 시 읽기

노용무

1. 들어가며

먼저, 시인께 수상을 축하드린다. 뒤돌아보니 참 많은 세월이 흘렀다. 《자본주의의 약속》을 읽으며 느꼈던 감정이 자못 새롭게 다가온다. 주로 대학원에서 공부했던 시인들은 일 강점기의 문학적 풍경에 놓여 있었다. 우연이든 필연이든 함민복이란 이름이 다가왔다. 당시에는 최근작의 시 작품을 읽을 겨를이 없었기 때문에 그랬다. 점점 빠져드는 그의 작품을 읽으며 시인 지망생이었던 나는 절망했다. 암만해도 함민복만큼은 못 쓸 것 같았기 때문이다.

그래서 차선책으로 선택한 것은 함민복과 그의 시를 분석하는 글쓰기였다. 지금 생각해보면 절망에서 희망의 싹을 틔우려는 몸부림이었던 것 같다. 그래서 함민복에 대한 양가감정은 절망과 희망의 교직이었고, '기가 막히는' 시를 쓰는 시인에 대한 질투이자 그의 작품을 '난도질'하리라는 복수이기도 했다. 하지만 제대로 칼질을 할 수가 없었다. 당시 근대와 근대성에 관한 공부를 하면서 탈식민주의의 시선으로 김수영에 매달렸던 시기, 함민복은 김수영만으로는 허전한 나의 가려운 곳을 시원하게 긁어주었기 때문이었다.

모더니티란 화두로 자본주의와 근대의 이중성을 억압과 해방의 측면에서 몰두했던 나는 그 이론을 훌륭하게 시화한 현장을 목도했다. 시집《자본주의의 약속》이 내 앞에 찬란하게 놓여 있었기 때문이었다. 그로부터 많은 시간이 지나 지금 이 글을 쓰고 있다. 무엇을 어떻게 써야 할까. 필경, 인간 함민복과 시인 함민복을 적당하게 버무려진 밥상을 차려야 한다. 그 밥상에는 언제나 그의 작품이 놓여 있을 것이다.

2. 삶으로서 함민복

함민복은 1988년《세계의 문학》에 〈성선설〉을 발표하면서 문단에 등장했다. 그는 서울예전 문예창작과를 졸업(1989)하고 허수경, 차창룡, 윤제림, 함성호, 이선영, 김중식, 유하, 진이정 등과 함께 '21세기 전망' 동인 활동을 하면서 첫 시집《우울씨(氏)의 일일(一日)》(세계사, 1990)을 발간했다. 이후 함민복은 문산에 거주하면서《자본주의의 약속》(세계사)을 1993년에 발간하고, 이듬해 버팀목 출판사에서 잠시 근무하다가 처음 강화도를 구경하고 1996년에 아예 이사를 했다.

강화도의 자연이 고스란히 녹아든 《모든 경계에는 꽃이 핀다》(창작과비평사, 1996)와 《말랑말랑한 힘》(문학세계사, 2005)을 상재한 함민복은 드디어 둘이 합쳐 백 살이라는 너스레를 떨며 박영숙과 결혼했다. 알콩달콩 깨가 쏟아져서 그런지 다섯 번째 시집 《눈물을 자르는 눈꺼풀처럼》을 창비에서 2013년에 간행하였다. 그리고 거기까지로 시집의 행렬이 멈추어 있다. 이 지면을 빌어 독촉하고 싶다. "민보기 성 왜케 시집을 안 내는 거여요?!"

> 손가락이 열 개인 것은
> 어머니 뱃속에서 몇 달 은혜 입나 기억하려는
> 태아의 노력 때문인지도 모릅니다.
> ― 〈성선설〉 전문

인간 함민복의 출발은 〈성선설〉로부터 연원한다. 이 시는 등단작이기도 하지만 이후 전개되는 자신의 삶과 작품 세계를 규정하는 중요한 모티프의 하나를 점지하고 있다. '어머니'다. 태아에서 열 달 동안 은혜 입어 나온 그는 현재에도 여전히 손가락이 열 개다. 왜냐하면, 끊임없이 손가락 수를 세어가면서 늘 기억에도 없는 태아기의 노력을 간직하고 있기 때문이다.

시인을 일컬을 때 빠지지 않는 수사가 있다. 바로 '가난'이다. 그만큼 함민복과 가난은 숙명적이다. 누군들 그러하지 않을까만, 우리 시대의 가난은 독한 것이었다. 그 가난은 어머니와 직접적으로 관련되기에 기억에도 존재하지 않는 태아의 노력을 이어갈 수 있었을 것이다. 우리는 그의 시를 읽으며 저마다의 가난을 소환한다. 그리고 시인의 가난을 자신과 비교해 본다. 이제 그 지난한 가난 속으로 들어가 보자.

〈박수 소리 1〉에서 "박수 소리가, 늘어지며, 라면 박스를 껴안은 채, 슬로비디오로, 쓰러진, 오, 나의 유년!! 그 구겨진 정신에 유리조각으로 박혀 빛나던 박수 소리, 박수 소리.", 짝짝짝, 그 소리를 듣는다. 애국 조회 시간, 교장 선생님의 지루한 훈화가 끝나고 맨 끄트머리에 이어졌던 '불우이웃돕기' 아니 '불우학우돕기'. 공고를 다녔던 고교생 함민복의 풍경이다. 이보다 더 힘든 것은 정신적 가난이었다.

감성 예민한 문학청년 함민복은 눅눅한 빨래처럼 연삭기로 깎은 쇠밥을, 기름 밴 작업복을 입고 멀건 된장국에 뜬 자신의 얼굴을 떠먹어야 했다. 소위 '공돌이'답게 생각하고 대학, 친구, 이성 등 불온한 상상에 제동을 걸어야 했던 공고 시절. 기능사 2급 자격증을 따고 조국 근대화의 기수가 되어 떠났다.

어디론가 떠나가는구나
뿌리가 더 괴로웠으리
나는 씨 없는 수박
태양에 대한 상상력으로
철없이 붉게 익은 속
희망아, 이 창녀야
잘 있거라 흐린 날만 들리던
기적소리로 아아, 떠나간다
삶이란 삶을 꾸려 죽음
속으로 떠나는 전지훈련

피할 수가 없구나

저 시퍼런 칼

날

— 〈수박〉 전문

　"태양에 대한 상상력"은 "철없이 붉게 익을 속"을 분칠하고
덧칠하여 '희망'을 만들어낸다. "희망아, 이 창녀야" 끊임없이
유예되고 미끄러지고 산포되는 그녀는 희망이었다. 그녀를 따
라 시인은 삶 속으로 떠났다. 언젠가 쩍쩍 갈라지는 빠알간 속
을 드러낼지 모르지만. 결국 도착한 경북 월성원자력발전소에
서 시인은 또 다른 자아를 얻었다. 국가 기능사 2급 자격증을
지닌 조국 근대화의 기수는 '우울씨'가 되었다.

　시인은 컨트롤 룸의 지시에 따라 움직이는 현장 운전원으로
일했다. 일이 단순하기에 지겨웠다. 출근만 하면 머리가 지끈
거렸다. 자신의 문학적 욕망과 현실의 괴리, 불투명한 미래에
대한 불안감은 그 괴리를 좁히지 못하고 늘 한 치씩 벌어져만
갔다. 〈우울씨의 일일 1〉에서, 시인은 어머니도 만져보지 못
한 자신의 뇌세포를 방사능이 어루만지고, 자살한 친구와 후
배만이 매스컴의 방사능 피폭으로부터 자유롭다고 고백한다.
그런 환경에서 4년 남짓을 버텼다.

　공부를 더 하고 싶은 마음, 군대 문제, 고향 집의 빚 등등이
겹쳐 왔다. 결국 시인은 고향에서 방위 생활을 하면서 퇴직금
으로 집안 빚을 털어 '판셈하고 고향'(〈우표〉)을 떠난다. 훗날
시인은 이 시기가 경제적으로 가장 힘든 시절이었다고 회한한
다. 그래서일까. '직업이 가난'이란 수사도 이 시기를 통해 생

성된 듯하다. 어쨌든 떠난다. 서울로, 어머니와 함께. 서울예 대 늦깎이 87학번이 되어.

시인의 서울 생활은 녹록지 않았다. 함민복은 힘든 시기, 고된 현실을 특이하게도 어머니의 형상을 빌어 시작(詩作)을 이어간다. "고달픈 생활의 일기 쓰듯, 잠꼬대에, 코 고는 소리"(잠 – 어머니 3))를 들려주며 고향으로 달려가고픈 어머니를 그려낸다. 애고, 그 마음이 어떠했을까. "머지않아 영원히 지하생활자가 될/ 어머니를 3년 동안 전지훈련시켜 드렸습니다"(〈지하생활 3주년에 즈음하여 – 어머니 2〉)에서 형상화하여 나타나듯, 무관심한 듯 읊조리지만 속은 새까맣게 타들어 간다.

"등단주"

"시 판 놈"

"시 노점상 개업한 놈"

— 〈취객어록〉 중에서

그놈이 함민복이다. 〈성선설〉로 등단했고, 그 시를 팔았고, 이제 시 노점상을 열 자격증을 취득한 바로 그놈이다. 어엿하게 등단한 사실을 이렇게 썼다. 그는 공식적으로 시를 팔아 마수한 돈으로 어머니의 보청기 건전지 하나 못 사드린 효자였고, 친척 집 지하창고, 민방위 훈련 대피 장소, 더 이상 내려갈 곳이 없다는 서울의 삶은 '시인 함민복을 키운 건 팔 할이 가난이다.'는 경구를 떠올리게 한다. 팔 할이 가난일 때 그 가난의 모티프가 지닌 팔 할은 어머니의 몫이다. 보청기 건전지도 사지 못한 효자는 어머니의 힘 없는 오줌 소리를 빗대어, 취해야 하고 취할 수밖에 없는 취객이 되어 그날의 어록을 '술술술술술' 썼었다.

"지금 그 집은 헐어졌어도 내 가슴속으로 이사 온 그 집/ 가끔 그 집 속으로 들어가 그 집을 생각하면 눈물"(〈상계동 시절 – 어머니 1)겹다던 상계동 이후 금호동, 청량리, 일산, 문산 등지의 산동네나 철거민 주거지를 전전하면서 시작을 이어갔다. 이러한 서울에서의 삶은 척박했으리라. 결국 "한쪽 귀먹고 한쪽 눈멀어 척추까지 다"(〈위험한 수업〉)친 어머니를 "고향 이모님 댁에 모셔다 드릴 때의 일"(〈눈물은 왜 짠가〉)을 보여주고야 만다. 지금까지 재구성한 시인의 삶은 손가락이 열 개인 이유를 떠올리는 태아의 노력이었다. 시인 함민복의 시집 전체를 관통하는 몇 개의 핵심어 중 단연 으뜸이 바로 '어머니'이기 때문이다.

어머니는 초기 시부터 다섯 번째 시집에 이르기까지 일관적되게 나타나는 모티프이다. 어머니를 시적으로 형상화하는 과정에선 운명처럼 가난이 덕지덕지 붙어 있었다. 그렇다면 도시, 자본주의, 근대성, 문명비판 등등의 시적 주제의식 또한 어머니가 담지하고 있는 고향과 가족 그리고 가난으로부터 발원하는 것이 아니었을까.

수없이 반복되는 어머니의 형상은 함민복의 시 세계를 이끄는 동력이었기에 그는 우리에게 "눈물은 왜 짠가"라고 묻지 않았던가. 그러던 어머니가 '산소 코뚜레'를 하였고, "어머니 가슴 저리 깊고 푸르러"(〈가을 하늘〉) "삶에 지치면 먼발치로 당신을 바라다보고/ 그래도 그리우면 당신 찾아가 품에 안겨보지요"(〈산〉) 했던 그 산이 되어 떠났다. 그렇게 어머니를 보내고 펴낸 다섯 번째 시집 《눈물을 자르는 눈꺼풀처럼》에서는 어머니와 관련한 시가 급격하게 줄어든다. 〈숯〉과 〈한포천에서〉 두 편뿐이다. 그러나 비우면 채워지는 것일까. 〈당신〉엔 '그녀'가 등장한다.

3. 흔들림의 중심에서 흔들리기

먼저, 시를 읽어보자.

집에 그늘이 너무 크게 들어 아주 베어버린다고
참죽나무 균형 살피며 가지 먼저 베어 내려오는
익선이형이 아슬아슬하다

나무는 가지를 벨 때마다 흔들림이 심해지고
흔들림에 흔들림 가지가 무성해져
나무는 부들부들 몸통을 떤다

나무는 최선을 다해 중심을 잡고 있었구나
가지 하나 이파리 하나하나까지
흔들리지 않으려 흔들렸었구나
흔들려 덜 흔들렸었구나
흔들림의 중심에 나무는 서 있었구나

그늘을 다스리는 일도 숨을 쉬는 일도
결혼하고 자식을 낳고 직장을 옮기는 일도
다
흔들리지 않으려 흔들리고
흔들려 흔들리지 않으려고
가지 뻗고 이파리 틔우는 일이었구나

　　　　　　　　　　　　　　—〈흔들린다〉 전문

　익선이 형이 베어버린 가지가 떨어지면 맞은편 가지가 흔들린다. 나무의 균형을 살피며 가지를 베어내도 나무 스스로가 한쪽의 베어냄을 맞추기 위해 다른 한쪽을 흔드는 것이다. 한 가지를 벨 때 진동은 베어져 나가는 가지와 남겨져 있는 가지 양쪽을 흔들고, 그 흔들림은 가지에서 나무의 몸통 전체로 퍼지게 된다. 너무도 일상적인, 들숨과 날숨을 숨 가쁘게 쉬면서도 공기의 존재를 의식하지 못하듯, 지극히 평범한 풍경 속에 놓인 사물이나 현상의 이면을 자신만의 그 무엇으로 형상화하는 시인 특유의 시적 전략과 정서적 유대감. 이 작품의 압권은 바로 그것이다.

　〈성선설〉에서, 인간이라면 모두가 손가락이 열 개이기에, 열 달 동안 엄마의 은혜를 입고 태어났기에 독자들은 공명할 수밖에 없었다. 그러곤 자신의 두 손을 바라보면서 피할 수 없는 개연적 진실 앞에 매혹되어 자신의 엄마를 떠올렸었다. 마찬가지로 〈흔들린다〉를 읽은 독자는 현재 자신의 삶을 자연스레 반추하며 흔들리고 흔들리는 나무에 자신을 이입하게 된다.

혼들림의 중심에 나무가 서 있어 더 이상 흔들리지 않으려 흔들렸다는 깨달음. 사물의 흔들림과 인간사를 유비시켜 인간의 세상만사를 흔들림으로 우화하는 지점에 이르면 그늘이나 숨, 결혼하고 자식을 보고, 직장을 옮겨 다니는 일 등등등 수많은 삶의 흔들림들을 '다'에 숨겨 놓는다. 흔들림은 곧 현실이다. 그 현실이 화려하고 부자라면 높고 넓게 마천루처럼 위로만 향해 견고하게 움직이지 않겠지만 우리네 삶은 그러지 못하다. 오늘도 흔들리며 내일로 나아갈 것이고, 모레도 그럴 것이다.

파도가 없는 날
배는 닻의 존재를 잊기도 하지만

배가 흔들릴수록 깊이 박히는 닻
배가 흔들릴수록 꽉 잡아주는 닻밥

상처의 힘
상처의 사랑

물 위에서 사는
뱃사람의 닻

저 작은 마을
저 작은 집

— 〈닻〉 전문

파도가 없는 날은 흔들림이 적은 날이다. 고요한 날, 닻과 닻밥의 상처는 잊힌다. 그러나 폭풍의 바다가 되면 배의 존재를 지켜주는 생명의 줄이 될 것이다. 그때 생겨난 상처는 극단의 흔들림으로부터 배를 지키기 위해 안간힘을 썼던 흔적일 것이다. 배가 흔들릴수록 닻은 바다 땅에 깊이 박히고, 닻밥은 제 몸을 깎고 부수면서도 배를 흔들림 없이 잡아줄 것이기 때문이다. 배와 닻 그리고 닻밥의 관계는 뱃사람과 작은 마을 속 저 작은 집과의 관계로 전환된다. 뱃사람이 한 척의 배라면 그 배를 지켜주는 것이 저 작은 마을에 사는 작은 집의 누구라는 유비 관계이다. 우리는 모두 그 누군가가 있다. 시인에게 있어 그는 누구일까.

시인은 서해바닷가 강화도에 산다. 오늘도 흔들리며 살아갈 것이다. 그 흔들림의 중심에 누군가가 있어 흔들리지 않으려 흔들릴 것이다. 그 중심에 어머니가 계셨다. 이젠 어머니의 빈자리를 그의 아내가 채웠다. 강화도 바닷가 저 작은 마을, 저 작은 집, '길상이네' 가게에 그녀가 있다.

4. 의미의 선회 혹은 알레고리적 반란

시인의 시 세계를 한마디로 요약하기란 불가능하다. 자신의 정체성을 드러내는 고백적 어조로부터 자본주의란 문명의 전차를 고발하는 투사적 이미저리, 근대와 근대성의 이면에 드리운 혹은 수직적 사고로부터 폭력적으로 타자화되었던 수평적 사유의 정당한 복권을 꾀하는 대화적 상상력에 이르기까지. 또한 허구와 실재 혹은 시뮬레이션과 리얼리티의 아스라한 경계를 줄타기하듯 넘나들면서, 한국사회가 배태하고 있는 지성과 감성의 시대를 "이 테레비 없는 후레자식"으로 꼬집기도 한다.

함민복의 작품 세계를 정리하기 위해 다섯 권의 시집을 통독해본다. 한 번 더, 두 번 더 읽어도 단연 압권은《자본주의의 약속》이다.《자본주의의 약속》은 자본주의의 이중성을 문명 비판의 시선을 담아 형상화한 시집이다. 자본주의의 이중성이란 근대의 양가성과 맥을 같이하는 것이다. 그것은 억압/해방의 야누스적 두 얼굴을 지녔지만 지금까지 여전히 후자의 면모만이 강조 또는 유포되어 왔던 반면, 전자의 측면은 소외되거나 금기시되어 왔다. 따라서 자본주의의 억압적 측면을 바라본다는 것은 근대의 부조리성을 고찰한다는 맥락을 지니게 된다.

함민복이 자본주의의 제 모순을 형상화하고자 할 때 그 방식은 의미의 선회이다. 의미의 선회란 직접 토로형이 아닌 일종의 의미론적 우회를 뜻한다. 의미의 선회에서 '의미'란 시인이 자신의 관점을 형상화한 포에지라 할 때 '선회'는 그 의미를 에두르는 방식을 말한다. 그 방식은 표면적으로는 인물과 행위와 배경 등 통상적인 이야기의 요소들을 다 갖추고 있는 시적 상황인 동시에, 그 이야기의 배후에 정신적, 도덕적, 역사적 의미가 전개되는 뚜렷한 이중 구조를 가진 알레고리와 맥을 같이한다. 이러한 시적 전개 방식을 논자에 따라, '우울증의 나르시시즘'으로 혹은 '환위의 시학' 또는 '진실의 가면'으로 규정하기도 한다.

이 테레비 없는 후레자식

네 테레비가 널 그렇게 가르치디

요만 소리를 듣지 않기 위해서라도

지성의 시대는 끝났다 잡성의 시대에

테레비가 없다면, 끔직한 상상이지만

나는 무엇을 스승으로 삼고 즐거워하고 슬퍼하고

간지러움, 강제의 웃음이라도 웃을 수 있겠는가

— 〈오우가-텔레비전 1〉 중에서

아아 광고의 나라에 살고 싶다

사랑하는 여자와 더불어

행복과 희망만 가득 찬

절망이 꽃피는, 광고의 나라

— 〈광고의 나라〉 중에서

'''애비는 테레비였다'라고 발언하는 순간, 그의 시는 한국 현대시사에 편입된다."는 지적은 식민지 시대로부터 유신독재에 이르는 시기에 끊임없이 아버지의 존재를 재규정해야 했던 아들들의 정체성 혼란이란 맥락과 닿아 있다. 1980년대 이후 소위 386세대의 아비 찾기는 이전의 아버지와는 다른 아버지를 맞아야 했다. 그 시기는 산업사회의 본격적인 진입이 가져다준, 이전의 아버지로부터 비롯된 근대화의 가시적 성과를 향유할 수 있었던 때였다. 그들이 다시 찾은 아비는 '지성의 시대'에 존재했던 "애비는 종"(서정주 〈자화상〉)이었고 "취해서 널부러진 색시를 업고 들어왔"(신경림 〈아버지의 그늘〉)던

"입이 열이라도 말 못"(이성복 〈그해 가을〉)하는 아버지가 아닌 '잡성의 시대'를 주관하는 자본주의였고 자본의 논리였다.

따라서 "이 테레비 없는 후레자식"은 애비가 테레비임을 인정하는 동시에 자본주의의 집적체인 테레비가 없거나 아비로 인정하지 않는 반자본 또는 비자본에 대한 강력한 경고성 전언의 역할을 하게 된다. 그러나 그러한 상황을 제시함으로써 형상화되는 현실에 대한 비꼼은 반자본 또는 비자본이 자본에게 향하는 도발의 의미를 그 배면에 깔고 있다. 간과할 수 없는 것은 '가장, 우리 생활의 통솔자 테레비'가 화면을 통해 보여주는 현실이다. 그 현실은 자본주의의 약속이 질서화된 우리의 삶 바로 그것이다.

티브이를 가득 메운 현실은 사방에 널브러진 매스 미디어의 폭력과 다양한 모습으로 자신의 존재를 드러냈던 아버지들의 현현 방식이었던 광고였다. 그것은 텔레비전으로부터 연원하는 인터넷과 가상현실 속 아바타를 꾸미기 위한 처절한 몸부림에 가까운 절규였고, 우리의 일상을 완벽하게 통제하는 비대면적 세계로 향하는 벽을 활짝 열어젖힌 것이기도 했다. 1993년도에 간행되었던 《자본주의의 약속》이 지닌 미덕이란 바로 이런 것이다. 시인의 예지력은 지금 완벽하게 구현되고 있지 않은가.

〈광고의 나라〉에서, 광고 밖 현실의 시적 자아를 규정하는 것은 아름답고 좋은 것만 가득 차고 행복과 희망만 넘치는 광고 안의 세계이다. 그러나 시인은 "절망이 꽃피는, 광고의 나라"를 통해 수많은 환상과 환영을 절망으로 집중시킨다. 광고의 나라와 현실의 그것은 무엇이 다른가. 우리는 다 알고 있다. 뼈저리게도. 하지만 무슨 소용이 있단 말인가. 하루에도 수십 장의 사진을 찍어 올려야만 하고, 자신의 "뽀샵"된 일상을 가상현실에 게시해야 하루가 드디어 끝나는 현실이 아니던가.

그곳을 향한 욕망은 '─이고픈' 것이다. 함민복은 사랑하는 여자이고픈, 아름답고 좋은 것이고픈 광고 밖의 현실을 광고 속의 존재하지 않는 현실에 투사하여, '에덴동산'과 '무릉도원'을 혹은 우리의 '청산(靑山)'을 진정으로 통일한 자본의 논리와 그 논리에 종속당한 우리의 슬픈 자화상을 무심하게도 그려낸다.

　　뻘에 말뚝을 박으려면
　　긴 정치망 말이나 김 말도
　　짧은 새우 그물 말이나 큰 말 잡아 줄 호롱 말도
　　말뚝을 잡고 손으로 또는 발로
　　좌우로 또는 앞뒤로 흔들어야 한다
　　힘으로 내리박는 것이 아니라
　　흔들다 보면 뻘이 물러지고 물기에 젖어
　　뻘이 말뚝을 품어 제 몸으로 빨아들일 때까지
　　좌우로 또는 앞뒤로 열심히 흔들어야 한다
　　뻘이 말뚝을 빨아들여 점점 빨리 깊이 빨아주어
　　정말 외설스럽다는 느낌이 올 때까지
　　흔들어주어야 한다

　　수평이 수직을 세워

그물 가지를 걸고
물고기 열매를 주렁주렁 매달 상상을 하며
좌우로 또는 앞뒤로
흔들며 지그시 눌러주기만 하면 된다

— 〈뻘에 말뚝 박는 법〉 전문

상상해보자. 강화도의 뻘밭을, 그리고 그곳에서 뻘에 말뚝
을 박는 풍경을. 한 번쯤 가봤을 것이다. 짙푸른 동해와 또 다
른, 서해 바다의 탁한 잔물결과 물컹거리는 뻘이 펼쳐진 풍경
속으로 말이다. 여기에서 사람이 처한 환경의 중요함을 절실
하게 느낀다. 함민복이 서울에서 살아내기를 감내하면서《자
본주의의 약속》을 배출했다면 강화도의 바닷물이 들고 나는
현장을 목도하면서《말랑말랑한 힘》을 선사하지 않았던가. 그
가 만약, 가난을 모르고 자랐다거나 영화〈기생충〉에서 선보
였던, 지하층이 있던 대저택에서 살았다면 혹은 유학생 출신
이거나 삼성의 임원이었다면 어땠을까. 물론 이 글도 쓸 필요
가 없었겠지만 말이다.

〈뻘에 말뚝 박는 법〉은 도시의 혹은 문명의 수직적 사고방
식이 더 이상 통용되지 않는 강화도 뻘의 수평적 사유를 보여
주는 절창이다. 이미 여러 편의 글에서 함민복과 그의 작품을
논했었다. 그때 인용 시는 필자의 사유 전반을 잠식하고 있었
다. 과연, 어떻게 수평이 수직을 세울 수 있단 말인가, 수직적
사고방식으로부터 자유롭지 않은, 첨단을 지향하는 현대인과
뻘밭에서 '숭어'를 지게에 짊어지고, 뻘에 다리를 푹푹 빠져가
며 걸어야 하는 바닷가 사람들의 간극을 어떻게 메울 수 있을

것인가. 결국 그것은 '흔들림'을 관조했던 시선과 닮아 있었다.

"수평이 수직을 세워"를 찬찬히 읽어보면, 뻘에 말뚝을 박을 때만큼은 수직과 수평이 대화적 관계에 놓여 있다는 것을 정말 외설스럽다는 느낌이 들 때까지 말하고 있다. 현대 사회에서 첨단과 진보의 다른 이름이었던 수직의 논리는 그만큼 보편적이고 상식에 통하는 당위적 차원의 개념에 속한다. 그러나 시인은 잊히고 간과되기 일쑤였던, 박물관의 유물적 가치로 여겨졌던 '자연스러움'의 수평적 세계를 끄집어내었다. 강한 것이 약한 존재를 억눌렀던 약육강식, 빠른 것이 그보다 더 빠른 것에 잠식당하는 가속도의 시대, '더, 더, 더'를 외치며 살아가야 하는 우리 시대에 강화도 바닷가 사람들의 자연스레 살아가는 방식을 상기시켜 준 것이다.

5. 나가며

들어오면 나가야 하는 법. 지면의 한계를 절감하면서 다시 한번 축하의 마음을 전한다. "민보기 성 중말로 축하혀요." 참으로 할 말이 많지만 정작 쓸 말은 없는 모양새이다. 수상작인 〈악수〉를 인용하여 읽어보고 싶지만 지면이 부족하다. 하여, 짧은 동시를 옮기며 글을 맺는다. 읽으면 방그레 미소가 지어진다. 함민복 시인의 미소가 그럴 것이다. 조만간에 펼쳐질 여섯 번째 시집을 기다리며……

늘
강아지 만지고
손을 씻었다

내일부터는
손을 씻고
강아지를 만져야지

— 〈반성〉 전문

노용무_nostarno@hanmail.net
시인 · 문학평론가. 전북대학교 대학원 국어국문학과 졸업(문학박사). 《시문학》으로 시, 《수필과비평》으로 평론 등단. 평론집 《시로 보는 함민복 읽기》《탈식민주의 시선으로 김수영 읽기》《시인의 길 찾기와 그 여로 읽기》와 시집《시똥구리》등이 있다. 현재 전북대학교, 호원대학교 강사.

박시교

수상작 · 무게고(考)

심사평 · 이 시대 이 땅의 민화 한 폭

수상소감 · 남루할지라도 비루하지 않으리라

근작 · 월정리역 등 5편

자선대표작 · 지상에서 가장 아름다운 이름 등 7편

등단작 · 온돌방

자술연보 및 연구서지

수상자론 · 허전한 오만, 깨끗한 절제/ 홍성란

박시교 / 1945년 경북 봉화 출생. 1970년 〈매일신문〉 신춘문에 당선과 《현대시학》 추천으로 등단. 시집으로 《겨울강》 《가슴으로 오는 새벽》 《낙화》 《독작(獨酌)》 《지상에서 가장 아름다운 이름》 《아나키스트에게》 《13월》 등이 있음. 오늘의시조문학상, 중앙시조대상, 이호우문학상, 가람문학상, 고산문학대상, 한국시조대상 등 수상.
sigyo@naver.com

무게고(考)

온종일 모은 폐지 한 리어카 이천오백 원

몇십억 아파트 깔고 사는
호사와는 견줄 수 없다지만

경건한 그 삶의 무게 결코 가볍지 않다

—《정형시학》2019년 겨울호

이 시대 이 땅의 민화 한 폭

올해 유심작품상 시조부문은 박시교 시인의 〈무게고(考)〉
를 수상작으로 선정한다. 박시교의 근작 시조들을 일별해볼
때 시조가 가지고 있는 형식상(단수시조, 홑시조, 연시조, 사
설시조)의 제약과 특성을 나름대로 극복하고 수렴하여 안정
된 형자(形姿)를 취하고 있었으며, 시 세계의 지향성에도 어떤
변화가 일고 있었음을 느낄 수 있었다.

저간(這間), 필자의 편견일 수도 있지만 박시교의 시 세계
를 떠받치고 있는 힘은 허무주의 사상과 전통적 한의 정조가
아닐까 하는 선입견을 가지고 있었다. 그러나 실상 이와 같은
인상은 다 희석되고 근자에는 그 자리에 휴머니즘 사상과 시
대정신이 대치되어 새로운 시적 저류를 형성하고 있는 것이
보였다. 이와 같은 현상은 바로 시 세계의 전환과 작시 태도
의 변화를 뜻하는 것으로서 현실 관조[觀察]의 시조들이 어떻
게 심화 확대되어 갈지 몹시 기대되는 관심사가 아닐 수 없다.
사실 박시교는 언젠가 다른 자리에서 "이 기회에 이렇게 다짐
한다. 세상의 아픔을 바라보고…… 이 시대에 일어나는 일들
에 대해 애정을 가지고 비평의 소리를 내는 데 전보다 더 힘쓰
겠다"는 수상소감을 말한 적이 있다. 마치 앙가주망의 강령과
같은 결기 있는 결의요 독자들과의 약속이었다. 이번 수상작

〈무게고〉를 비롯해 근작 〈술의 힘이라도 빌려야〉 〈바닥〉 〈우리 모두 죄인이다〉 등이 모두 그 좋은 사례라 할 것이다.

여기 길가에 리어카 한 대가 서 있다. "온종일 모은 폐지 한 리어카 이천오백 원"(〈무게고〉 초장)어치의 무게를 실은 리어카다. 우리가 자주 대하면서도 지나쳐온 풍경인데 박시교는 예리한 시각으로 포착하여 시화하는 데 성공하고 있다. 산업사회의 쇠락을 상징하는 소재와 시어들을 동원하여 공허하고 쓸쓸한 이미지를 제시하면서 고단한 서민들의 삶을 응시한다. "경건한 그 삶의 무게 결코 가볍지 않다"(종장)고 무겁게 주장하며 서민들의 삶 속으로 깊이 들어가 신산한 삶을 위무해줌과 동시에, 경건한 삶이야말로 가치 있는 삶임을 암묵적으로 교감하고 있다. 휴머니즘이요 시대정신의 발현이라 아니할 수 없다.

시인이 처한 시대적 사명을 다하여 더 좋은 시를 많이 쓰기 바라며 수상을 축하한다.

심사위원 / 유자효 · 김제현(글)

남루할지라도 비루하지 않으리라

시의 길에 들어선 지도 어느덧 50여 년에 이르렀지만, 아직도 헤매고만 있다는 느낌을 지울 수가 없다. 그런데 하나 분명한 것은, 내 시와 또한 그와 관련한 삶이 조금은 남루할지라도 절대로 비루하지는 않기를 바라는 마음은 처음 때와 조금도 달라지지 않았다는 점이다.

수상 소식을 접하면서 쑥스럽고 민망한 생각이 먼저 들었음을 고백하지 않을 수가 없다. 여기에 더하여 이러한 결정을 내린 주위에 빚을 지게 되었다는 점에서도 마음이 편치만은 않았다. 더구나 오랫동안 항심(恒心)이 흔들릴 때마다 기댈 언덕이었던 무산 스님의 입적 뒤라서 더 그렇지 않나 싶다.

이제부터 내게 주어진 남아 있는 길을 지금까지보다 더 천천히 걸으며 주위의 사소한 일들도 살펴서 마음에 담아야겠다고 다짐을 해본다. 물론 내 게으름이 감당할 정도를 넘어 힘에 부치거나 욕심이 넘치지 않게 처신할 것도 잊어서는 안 되겠다는 생각이다.

다시 한번 주위의 따뜻한 손길에 각별한 인사를 드린다.

박시교

월정리역 등 5편

왜 이렇게
늦게 왔냐고
보챌 사람 여기 없네

그렇더라도,
기다린 보람
뭐냐고 묻는다면

나 아직
그대 보듬어 안을
가슴 있다 말하리

—《문학청춘》 2018년 겨울호

동행(同行)

내가 누군가에게 기댈 언덕이
될 수 있다면

그의 상처 쓰다듬는 손길이
될 수 있다면

험난한
세상의 다리까지도
되어 줄 수가 있다면

　　　　　　　　　　　　　　　　—《창작21》 2019년 겨울호

술 힘이라도 빌려야

사는 일 지쳤다는 친구와 술 마신다

왜일까,
나도 자꾸 험한 벼랑 걷는 기분

한 잔 더
술 힘이라도 빌려야 살 것만 같다며

―《좋은시조》 2019년 가을호

우리 모두가 죄인이다 2

꽃다운 젊은 나이에 목숨 앗긴 우리의 아들

스물네 살 비정규직 노동자 김용균 군

혼자서 열악한 일터 지키다가 쓰러졌다

구의역 김 군 사고 때도 어른들은 말했지

'사람이 먼저고 청년이 희망'이라고

그 약속 지키지 못한 우리 모두 죄인이다

비정규직 없는 일터 사람대접 받는 사회

컵라면 한 끼니라도 편히 먹는 밝은 하루

그런 삶 누리게 해줄 몫 지키지 못한 죄인이다

—《서정과현실》2019년 가을호

모두가 꽃

사람은 죽어서 꽃이 된다고 나는 믿는다

추운 겨울 지나고
얼붙었던 동토(凍土) 풀리고

드디어 이 강산에 피어나는
너 넋들의 꽃이여

세상에 향기롭지 않은 삶 없었듯이

다시 또 피어나는
꽃들 모두 하늘이다

그립다 말하지 않아도
일어서는 너 넋이여

— 《시와시학》 2019년 겨울호

지상에서 가장 아름다운 이름 등 7편

그리운 이름 하나 가슴에 묻고 산다
지워도 돋는 풀꽃 아련한 향기 같은

그 이름

눈물을 훔치면서 되뇌인다

어 머 니

힘

꽃 같은 시절이야 누구나 가진 추억

그러나 내게는 상처도 보석이다

살면서 부대끼고 베인 아픈 흉터 몇 개

밑줄 쳐 새겨둔 듯한 어제의 그 흔적들이

어쩌면 오늘을 사는 힘인지도 모른다

몇 군데 옹이를 박은 소나무의 푸름처럼.

부석사 가는 길에

이제 더는 잃어버릴 그 무엇도 없는 날

햇살이 길 열어놓은 부석사 오르면서

수없이 되묻던 생각 길섶에 다 내려놓다

대답이 두려워서 꺼내지 못하였던

그래서 가슴속에 응어리로 남아 있던

함부로 보일 수 없던 그 상처도 내려놓다

바라건대, 누군가의 마음을 읽어주듯이

천 근 우람한 돌도 가볍게 괴어놓듯이

일주문 언덕 오르며 그 마음도 내려놓다

가난한 오만(傲慢)

밥이 되지 않는
돈과도 담을 쌓은

시(詩) 앞에서
나는 때로
한없이 오만해진다

세상에
부릴 허세가
이것밖에
없어서

나의 아나키스트여

누가 또 먼 길 떠날 채비하는가 보다

들녘에 옷깃 여밀 바람솔기 풀어놓고

연습이 필요했던 삶도 모두 놓아 버리고

내 수의(壽衣)엔 기필코 주머니를 달 것이다

빈손이 허전하면 거기 깊이 찔러 넣고

조금은 거드름피우며 느릿느릿 가리라

일회용 아닌 여정이 가당키나 하든가

천지에 꽃 피고 지는 것도 순간의 탄식

내 사랑 아나키스트여 부디 홀로 가시라

수유리(水踰里)에 살면서

수유리에 살면서 내 가장 즐거운 날은

밤새 비 내려서 계곡물 넘치는 때

그 소리 종일 들으며 귀를 씻는 일입니다

어떤 때는 귀 혼자서 고향 냇가 다녀도 오고

파도 소리 그립다며 동해 나들이도 즐기지만

이날은 두 귀 하나 되어 꼼짝도 않습니다

수유리에 살면서 안빈(安貧)이란 옛말을

새록새록 곱씹을 때도 바로 이런 날입니다

당신도 들었으면 해요, 귀 씻는 저 물소리

이별 노래

봄에 하는 이별은 보다 현란할 일이다

그대 뒷모습 닮은 지는 꽃잎의 실루엣

사랑은 순간일지라도 그 상처는 깊다

가슴에 피어나는 그리움의 아지랑이

또 얼마의 세월 흘러야 까마득 지워질 것인가

눈물에 번져 보이는 수묵빛 네 그림자

가거라, 그래 가거라 너 떠나보내는 슬픔

어디 봄 산인들 다 알고 푸르겠느냐

저렇듯 울어 쌓는 뻐꾸긴들 다 알고 울겠느냐

봄에 하는 이별은 보다 현란할 일이다

하르르 하르르 무너져 내리는 꽃잎처럼

\>
그 무게 견딜 수 없는 고통 참 아름다워라

온돌방

1

머언 먼 선사(先史)의 땅 질 고운 항아린가

할아버지 엄한 육성 시렁 위에 얹혀 살고

풍속은 알맞게 데워 아랫목에 누워라

2

밀폐와 집념 속을 기거하는 가난이여

잔잔한 주름마다 원죄는 강이 되고

대대로 생명의 근원 굵은 올을 매누나

3

슬픈 역정 인종(忍從)하며 안으로만 피운 지혜

성문 밖 돌바람에 몸 사려 고통 함을

〉
지각(知覺)은 불을 더 밝혀 가슴 앓는 한(恨)의 방

4
아껴 누릴 유산인가 지친 육신 쉬는 자리

절약의 문틈마다 가득한 햇살이여

오늘은 밀알 더 익는 따사로운 이 은총

5
역서(歷書)여,
한 평 지도는 아늑한 꿈의 노을

때 절은 벽지 속을 옛날은 살아오고

피와 피
곤욕 이기고 안식하는 주소여

— 〈매일신문〉 신춘문예 당선작(1970년)

자술연보

- 1970년 매일신문 신춘문예 시조 당선. 같은 해 10월《현대시학》추천 등단.

- 1971년 국토통일원 현상문예공모에 시 당선.

- 1974년 이후부터 월평 등 시조론 다수 발표.

- 1980년 첫 시집《겨울강》(문예비평사) 펴냄.

- 1983년 윤금초, 이우걸, 유재영과 합동시집《네 사람의 얼굴》(문학과지성사) 펴냄.

- 1984년 편저《저항시인 동주, 육사, 상화》(삼중당) 펴냄.

- 1991년 제1회 오늘의 시조문학상 수상.

- 1996년 제15회 중앙시조대상 수상. 이후부터 추계예술대학 문예창작과 출강.

- 1997년 《가슴으로 오는 새벽》(책만드는집) 펴냄. 제7회 이호우시조문학상 수상.

· 2001년 선집《낙화(落花)》(태학사) 펴냄.

· 2004년 《독작(獨酌)》(작가) 펴냄.

· 2005년 제25회 가람시조문학상 수상.

· 2007년 선집《지상에서 가장 아름다운 이름》(시선사) 펴냄.

· 2011년 《아나키스트에게》(고요아침) 펴냄. 제11회 고산문학
  대상 수상.

· 2012년 합동시집《네 사람의 노래》(문학과지성사) 펴냄.

· 2015년 제5회 한국시조대상 수상.

· 2016년 《13월》(책만드는집) 펴냄.

박시교론

허전한 오만, 깨끗한 절제

홍성란

청도의 두 스승

1970년 1월, 이호우와 심재완의 심사로 대구매일신문 신춘문예에 처음 쓴 시조 〈온돌방〉이 당선되었을 때. 박시교는 시상식에 참석하여 이호우 선생이 며칠 전 타계했다는 소식을 들었다. 이제 시조의 스승을 모시고 시조에 대해 깊이 공부하게 되었다는 꿈이 물거품이 되던 순간. 이영도는 약조했다. 오빠가 마지막으로 배출한 시인이니 특별한 관심을 가지겠다고. 그리고는 10월, 〈노모상〉과 〈접목〉을 《현대시학》 추천작으로 올려 박시교는 시인이 되었다. 그렇게 청도의 상징, 오누이 시조시인을 한꺼번에 스승으로 삼게 된 것은 남다른 행운이었다.

첫 시집 《겨울강》(1980) 상재 이후, 《가슴으로 오는 새벽》

(1997), 《독작(獨酌)》(2004), 《아나키스트에게》(2011), 《13월》(2016)을 펴냈으니 스스로 낸 시집은 다섯 권뿐이다. 물론 윤금초, 이우걸, 유재영과 함께 낸 합동시집 《네 사람의 얼굴》과 《낙화(落花)》 《지상에서 가장 아름다운 이름》과 같은 시선집도 있으나 그가 필요해서 만든 시집은 아니다. 그는 1991년 당시 시조계의 엘리트 집단 '오늘의시조' 동인회에서 시상하는 제1회 오늘의시조문학상을 받았다. 이어서 시조계의 노벨상이라 불리는 중앙시조대상을 비롯하여 이호우시조문학상, 가람시조문학상, 고산문학대상, 한국시조대상을 수상한 바와 같이 1970년대 현대시조의 기수로서 후학들에게 끼친 영향은 지대하다. 그러나 이 말로는 충분치 않다. 충분치 않다는 근거는 어디에 있는가.

찬란한 인생

한 시인의 총체적 문학과 인생을 어떻게 단정하여 말할 수 있을까. 말한다고 다 말할 수 있을까. 《유심》(2014년 8월호)에 쓴 자전적 글을 읽는다. 읽는다고 그 심중을 다 헤아릴 수 있을까. 그가 썼다고 해서 그는 다 쓴 것일까. 나는 보이는 만큼 볼 수밖에 없고 느끼는 만큼 쓸 수밖에 없다. 이것이 찬란한 우리 인생의 오류다.

《유심》의 같은 지면에는 1977년의 흑백사진이 있다. 장년의 사진에서 '미소년'이란 말이 떠오른다. 이 아름다운 사람에게 무슨 일이 있었던 것일까. 왜 가슴이 아린 걸까. 왜 눈물이

나는 걸까.

이제 그가 《유심》에 발표했던 글을 부분 첨삭하여 《13월》의 말미에 올린 자전적 술회(〈문학이란 길 위에서, 쓰러지기 위해 다시 일어서다〉)를 따라가기로 한다.

1945년 음력 5월 23일 경북 봉화 출생. 박시교는 해방둥이로 일제 강점기에 태어나 광복을 거친 세대다. 그는 '6·25동란' 중에 어머니 등에 업혀 형과 셋이서 피난길에 올랐다. 그때 이미 아버지는 곁에 없었다. 기억에서조차도 떠나고 없는 아버지는 '열렬한 공산당원'이었을까. 이념을 좇아 가족을 두고 북으로의 길을 택한 것일까. 그런 내력은 집안의 금기였다. 서른여섯에 어린 자식들을 떠안고 혼자가 되신 어머니. 단 한 번도 눈물을 보이신 적 없고, 목소리 높이거나 매를 든 적 없는 어머니. 어머니 자신을 다스린 매서운 채찍은 얼마나 가혹했을까.

지상에서 가장 아름다운 이름

영주에서 철암까지 영암선 열차를 타고 다니던 중학교 3학년. 늘 타고 다니던 열차에서 돌연 사고를 당했다. 그 사고로 '젊음'은 무려 열세 번에 걸친 수술의 고통을 감내하며 "다리 절단이라는 최악의 경우는 겨우 면할 수 있었"다. 그에게 청소년기의 꿈이라든가 꿈의 좌절 따위는 일종의 사치였다. 남들이 말하는 '환상통'이 아니라 실제로 잠 속에서 꾸는 꿈 때문에 그는 그만의 '유령통'을 앓아야 했다. 유령통은 꿈과 낭만을 얼마나 앗아 간 것일까.

그는 또래 가운데 늘 앞장서던 활달한 소년이었다. 활달하고 아름다운 모습은 꿈속에서도 그대로였으니, 꿈에서 깨어났을 때 '현재 모습'을 보는 좌절과 참담을 누가 짐작할 수 있을까. 끝없이 몰려오던 허탈과 허망을 누가 헤아릴 수 있을까. 어머니가 계신 봉화에 머물던 한때. 가난이 전부인 산촌 벽지 재건중학교에서 아이들을 가르쳤다. 그 무렵 신춘문에 응모 준비를 했다. 서대문 로터리 서대문우체국 뒷골목 부근. 인창고교 담벼락이 뵈는 마지막 이층집 삐걱거리는 나무계단 위서너 평 좁은 방. 이 《현대시학》 아지트에서 전봉건을 대장으로 한 1970년대 문청 대열에 그는 합류하게 되었다.

등단 전, '젊음'이 봉화에 머물던 그때. 어머니는 귀향한 아들 살기 편하라고 새로 집을 지으셨다. 그런데 1971년 겨울 등단하여 귀경하던 당시. 어머니는 봉화의 그 집과 얼마 안 되는 토지를 정리하고는 말씀하셨다. "나는 죽어서도 이곳에는 다시 돌아오지 않을 것이다."

그리운 이름 하나 가슴에 묻고 산다

지워도 돋는 풀꽃 아련한 향기 같은

그 이름

눈물을 훔치면서 되뇌인다

어 머 니

　　　　　— 〈지상에서 가장 아름다운 이름〉

　어린 자식 하나 업고, 하나는 걸리고 피난 봇짐은 머리에 인 어머니. 그 험하고 배고픈 시절을 서른여섯 어머니 홀로 어찌 견디셨을까. 어머니의 긍지였을 꽃다운 아들. 그 모진 세월을 건너 아들의 불편을 덜어주고자 손수 집을 지으셔야 했던 어머니. 고통의 시간이 오래 이어지며 "밤이 무섭고 두려"운 아들은 "하룻밤도 그냥 지나치지 못하"고 "알코올에 의지"했다. 고통이 만든 '느리고' '남루한' '발걸음'을 지켜보는 어머니의 안은 어떠했을까. 나는 죽어서도 이곳에는 다시 돌아오지 않겠다던 어머니. 숭고한 희생이나 사랑이라는 말은 말일 뿐이다. 말없이 그저 그리운 이름 하나 가슴에 묻고 산다고 했다. 언외언(言外言). 말을 버린 자리에 시가 있다. 아련한 향기처럼 행과 행 사이 어머니가 보인다. 늦은 눈물 훔치는 불효자식이 속으로 뇔 때마다 떠오르는 지상에서 가장 아름다운 이름, 어머니. 시인의 어머니는 보릿고개와 산업화시대를 통과한 우리 모두의 어머니다. 이 시는 대중적 공감력을 가진 국민시가 되었다.

환(幻)·아나키스트, 그리고 절제

　그는 스스로 "발걸음은 언제나 느리고 게으르다" 했다. 그러니 《아나키스트에게》를 펴내고 5년 뒤 《13월》을 내면서 "이른

감이 없지 않다"고 했다. 시인에게도 한 해에 10여 편 넘게 발표한 예가 있는데 "그것이 올바른 행보라고는 생각하지 않는다" 했다. 특정한 목적을 갖고서 시집을 자주 낸다거나 작품 발표를 많이 하는 것을 시인은 아주 조심스러운 일이며 삼가야 할 일이라고 보는 것 같다. 나는 이러한 시인의 자세가 시력 50년의 품격을 지켜온 '절제 의식'이라고 본다.

50년 시력을 지지해온 절제 의식. 그 절제와 '아나키스트'를 생각한다. 그는 스스로 밝힌 아나키스트다. 일체의 강제를 부정하고 자유를 최상의 가치로 삼은 시인. 어디에도 매이지 않는 아나키스트의 절제 의식은 어떤 것일까. 일체의 문단 정치에 기웃거리지 않고 예술가로서 허튼 수 부리지 않는 정직함과 단호함. 그는 수상소감에도, 시집에 붙이는 〈시인의 말〉에도 늘 "내 시의 삶이 조금은 남루할지라도 조금도 비루하지 않기"를 천명했다. 이는 존엄을 지켜온 절제 의식의 명령 아닐까.

일찍이 시인의 '젊음'이 경험했던 고통과 좌절, 허망은 어떠했으며, 신춘문예 시상식에서 알게 된 이호우 별세 소식은 또 어떤 물거품으로 다가왔을까. 여기서 다산 정약용(1762~1836)이 학승 초의선사(1786~1866)에게 준 글 한 대목을 빌린다. 〈승려 초의의순에게 주는 말(爲草衣僧意洵贈言)〉. 다산은 고려 후기 공민왕의 스승인 천책국사(天頙國禪)의 어록을 인용했다.

간혹 저잣거리를 지나다가 앉아서 장사하거나 돌아다니며 물건 파는 행상을 보게 되면, 단지 몇 푼 안 되는 돈을 가지고

시끌벅적 떠들면서 시장의 이곳을 독점하려고 다투는데, 백
마리 천 마리 모기가 항아리 속에서 어지러이 앵앵대는 것과
무엇이 다른가.

장거리에 나선 사람들의 아귀다툼을 항아리 속에서 앵앵대
는 모기 울음에 비유한 것이다. 사사로운 이득에 너무 집착하
는 추잡한 사람은 되지 말라는 얘기 아닌가. 다산은 초의를 위
해 한 가지 더 천책의 말을 인용했다. 글은 읽지 않는 부잣집
아이가 경망하고 교만하게 협객들과 어울려 격구(擊毬)나 하
고 화려하게 쏘다니는데 거리의 사람들이 그 모양을 늘어서서
구경하고 있으니 딱하다고 했다. 천책은 그 모양을 지켜보는
자신도 '모두가 덧없는 허깨비(幻)'라 했다.

　　나나 저들이나 모두 허깨비 세상에서 허깨비로 살아가고
있다. 저들이 어찌 허깨비 몸으로 허깨비 말을 타고 허깨비
길을 내달리며 허깨비 기술을 잘 부려 허깨비 사람으로 하여
금 허깨비 일을 구경하게 하는 것이 허깨비 위에 허깨비가
다시 허깨비를 더하게 하는 것임을 알겠는가? 이런 까닭에
밖에 나갔다가 어지러이 떠들썩한 꼴을 보면 서글픈 마음만
더할 뿐이다(吾與彼, 俱幻生於幻世。彼焉知將幻身, 乘幻馬,
馳幻路, 工幻技, 令幻人, 觀幻事, 更於幻上幻復幻也? 由是,
出見紛譁, 增忉怛耳).

여몽환포영. "현상계의 모든 생멸법은 꿈과 같고 환상과 같
고 물거품과 같으며 그림자 같으며, 이슬과 같고 또한 번개와

도 같다(一切有爲法 如夢幻泡影 如露亦如電 應作如是觀)"는 《금강경》의 말씀이 떠오른다. 다산은 초의에게 이런 이야기를 무슨 뜻으로 전하였을까. 이 허망한 세상에서 아귀다툼하여 얻은 그 무엇을 세상 뜨는 날 가지고 갈 수 있겠느냐. 수의에는 주머니가 없지 않느냐.

누가 또 먼 길 떠날 채비 하는가 보다

들녘에 옷깃 여밀 바람솔기 풀어놓고

연습이 필요했던 삶도 모두 놓아 버리고

내 수의(壽衣)엔 기필코 주머니를 달 것이다

빈손이 허전하면 거기 깊이 찔러 넣고

조금은 거드름피우며 느릿느릿 가리라

일회용 아닌 여정이 가당키나 하든가

천지에 꽃 피고 지는 것도 순간의 탄식

내 사랑 아나키스트여 부디 홀로 가시라
— 〈나의 아나키스트여〉

지독히 아픈 역설이다. 도대체 연습이 필요했다는 삶의 배경에는 어떤 후회가 있는 걸까. 도대체 누가 삶을 연습하고 새로 살 수 있단 말인가. 내생(來生)이라는 게 있을까. 묻지도 말자. 일회용 아닌 여정이 가당키나 한가 말이다. 누군가의 시처럼 때로 '잘못 살아온 죄적(罪迹)만 같다'는 우리 인생은 순간의 탄식일 뿐. 다시 돌아오지 못할 여몽환포영. 돌아보면 허전하기 그지없는 우리는 모두가 빈손. 인생의 마지막 예복에 주머니를 달고 거기 빈손을 깊이 찔러 넣고 거드름피우며 느릿느릿 가겠다는 오만. 지독히 아린 역설이다. 어디에도 속하지 않겠다는 쓸쓸한 아나키스트의 빛나는 오만.

정신의 푯대, 수유리 시목(詩木)

그렇다. 시인이 천명한 바와 같이, 발걸음 남루할지라도 예술적 자취는 비루하지 않기를 바랐으니 허망한 세상 잇속 따위 다투는 일은 가까이하지 않았다. 게으른 듯 느린 이 아나키스트의 허무와 절제가 오만한 예술을 이룬 것일까.

밥이 되지 않는
돈과도 담을 쌓은

시(詩) 앞에서
나는 때로
한없이 오만해진다

세상에
부릴 허세가
이것밖에
없어서

　　　　　　　　— 〈가난한 오만(傲慢)〉

　발표 당시 시력 40년 대표 시조시인이 시를 써서 밥도 돈도
되지 않는다고 말할 때. 후배 시인들은 후련했다. 눈물로, 고
혈(膏血)로 시를 써서 헐한 원고료라도 받을 수 있는 지면이
마련된다면 얼마나 좋을까. 명예와 품격을 지킨다고 지켜온
'시인'이라는 이름이 아무것도 아니라는 것을 깨닫게 되는 순
간은 어떻게 뛰어넘을까. 원고료 없는 지면에는 작품을 보내
지 않을까. 사정을 잘 아는 지면에는 도와주는 마음으로 원고
료는 구독료로 대체한다며 작품을 보낼까. 뜻을 함께할 수 없
는 지면에는 작품을 들러리 세우지 않을까. 짜깁기하듯 훔치
거나 남들 비슷한 시는 절대 쓰지 않을까. 세상에 오만 떨 일
없는 가난한 시인. 부릴 허세가 시밖에 없다고 말하는 시인.
이 오만이라는 이름의 자존(自尊). 오로지 시 하나를 정신의
푯대로, 예술로 삼아 가난한 허세를 부릴 수 있는 시인은 행복
하다.

　꽃 같은 시절이야 누구나 가진 추억

　그러나 내게는 상처도 보석이다

살면서 부대끼고 베인 아픈 흉터 몇 개

밑줄 쳐 새겨둔 듯한 어제의 그 흔적들이

어쩌면 오늘을 사는 힘인지도 모른다

몇 군데 옹이를 박은 소나무의 푸름처럼.

　　　　　　　　　　　　　　　　　― 〈힘〉

　소나무의 저 푸름은 옹이에서 왔는가. 상처를 견딘 옹이의 힘으로 소나무는 푸른 걸까. 상처는 인생의 보석. 흉터는 밑줄 쳐 새겨둔 교훈. 그렇다. 그렇게 살면서 부대껴온 일들이 오늘을 견디며 살아가는 힘이 되어야 하지 않겠나. "한 그루 늙은 나무도/ 고목 소리 들을라면// 속은 으레껏 썩고/ 곧은 가지들은 다 부러져야// 그 물론 굽은 등걸에/ 장독(杖毒)들도 남아 있어야(조오현 〈고목소리〉)" 한다니 그렇지 않은가.
　상처의 고통과 흉터의 설움으로 밤이 무섭고 두려웠던 시인에게 "술을 혼자서도 자주 마시는 버릇"이 생겼으니 '애주(愛酒)'라는 변명을 마련했겠다. 혼자서 술 마시는 밤은 쌓여 이 아픈 노래는 나왔으리.

　상처 없는 영혼이
　세상 어디 있으랴

　사람이

그리운 날
아, 미치게
그리운 날

네 생각
더 짙어지라고
혼자서
술 마신다

—〈독작(獨酌)〉

　그렇지. 세상에 상처 없는 영혼은 있을 수 없지. 그러니 고
통을 잊기 위해 혼자서 술 마셔본 사람은 알지. 애주가 아니어
도 조금은 알 것 같아. 355ml 캔맥주 하나에 그저 발그레해서
는 실없이 웃음이 나기도 하고, 나를 힘들게 하는 세상을 용서
할 수 있게도 되는 그런 기분. 그런 기분으로 고통을 잠시 잊
는다는 일. 가끔은 힘겨운 하루를 그냥 넘어가게 할 수 없을
때 알코올의 힘을 빌려 본 애송이도 알 것 같다. 그러나 안다
고 알 수 있을까. 꿈 깨어 느끼는 유령통 때문에 밤이 무섭고
두려운 이가 혼자 마시는 술의 의미를 어찌 안다고 할 수 있을
까. "사람"은 시인 자신 아닐까. "네 생각"은 '현재 모습' 이전의
본디 자신을 생각한다는 건 아닐까. 그렇다 해도 좋고 아니라
해도 좋다. 상처 없이, 흉터 없이 무구한 그 어린 날의 내가 사
무치게 그리운 건 아닐까. 누구에게나 돌이킬 수 없는 '그 시
절'은 있다. 남 이야기가 아니라는 말이다. 이 시도 인생 고해
에서 상처받고 아픈 이들이 독작하는 밤낮으로 회자되며 대중

적 인기를 누리고 있다.

　　수유리에 살면서 내 가장 즐거운 날은

　　밤새 비 내려서 계곡물 넘치는 때

　　그 소리 종일 들으며 귀를 씻는 일입니다

　　어떤 때는 귀 혼자서 고향 냇가 다녀도 오고

　　파도소리 그립다며 동해 나들이도 즐기지만

　　이날은 두 귀 하나 되어 꼼짝도 않습니다

　　수유리에 살면서 안빈(安貧)이란 옛말을

　　새록새록 곱씹을 때도 바로 이런 날입니다

　　당신도 들었으면 해요, 귀 씻는 저 물소리

　　　　　　　—〈수유리(水踰里)에 살면서〉

　꿜꿜 터지는 계곡물 소리 들으며 귀를 씻듯, 가장 좋은 날 가장 좋은 일은 나에게 무얼까. 두어 시간, 물길에서 바람길에서 푸나무 무심한 눈길 스치며 무작정 걷는 일. 그렇게 물소리 좋아 무작정 시인은 수유 1동에 둥지를 틀어 30여 년을 살아왔다. 살면서 첫 시집 이후 2011년에 낸 《아나키스트에게》까지 수록작 거의 다 수유리 소산이라니, 수유리는 창작의 산실이다. 시인은 수유리를 "내 시의 언덕이고 정신적인 고향"이라 했다. 밤새 비 내려서 콸콸 계곡물 넘치는 날은 종일 그 소리 들으며 생각을 버리는 날이다. 물소리 들으며 앉아서 천 리 고향 냇가도 다녀오고 동해 나들이도 다녀와서는 오롯이 물소리가 되는 날. '나'는 없고 물소리 듣는 귀만 있다. 무심한 물소리. 이 얼마나 허전히 맑은 일인가, 선(禪)의 경지 아닌가.

어려울 때일수록 생각나는 사람 있다

①독립된 우리나라에서 정부청사 문지기를 원했던 사람 ②아들에게/ 나라를 위해 떳떳이 죽으라고 권했던 사람 ③외국 출장을 마치고/ 남은 경비를 모두 되돌린 사람 ④평생 키워온 사업과 전 재산 모두를/ 사회에 환원한 사람 ⑤'다시 천고의 뒤에 백마 타고 오는 초인'을/ 기린 사람 ⑥기꺼이 자신을 세상에서 가장 바보라고 자칭하였던/ 사람

살 만한 세상 만들려 한 그 사람들 그립다
— 〈그리운 사람 1〉(원번호는 필자)

허전히 맑아, 더 바랄 게 없는 이 가난한 아나키스트. 그에게 오만은 품격과 자존의 다른 이름이다. 그가 이 혼탁한 시국에서 그리워지는 이를 호명한다. 원번호 순으로 김구 선생, 안중근 의사, 국회의원 유기준 · 이재오 · 배재정 · 한정애, 기업

인이자 교육자 유일한 박사, 저항시인 이육사, 김수환 추기경의 이야기다. 어려울 때일수록 생각나는 위인들. 무슨 군말이 더 필요하랴. 이 위인들이 만들려고 한 그 살 만한 세상은 어느 때 올 것인가.

온종일 모은 폐지 한 리어카 이천오백 원
몇십억 아파트 깔고 사는
호사와는 견줄 수 없다지만

경건한 그 삶의 무게 결코 가볍지 않다

— 〈무게고(考)〉

최근 발표한 제18회 유심작품상 수상작이다. 경건한 삶의 무게. 심정적으로 육체적으로 하중을 느끼며 폐지 줍는 이의 삶의 방식과 자세에서 감지되는 이 경건한 삶의 무게는 결코, 가난한 허세가 아니다. 각자도생이라니 저마다 느끼는 삶의 무게는 저마다 다를 것이나, 이 아나키스트는 몇십억 아파트에서 호사를 누리며 사는 이들이 부러울 게 없다. 기웃거리며 허리 구부려 온종일 모은 폐지를 가득 실은 리어카. 지치게 오늘의 무게를 밀고 가는 노구(老軀)가 보인다. 그 모습에서 나도 누군가처럼 성자(聖者)를 본다. 정직한 이천오백 원을 위해 온몸으로 밀어 올린 오늘 이 하루. 누가 그 무게를 가볍다 하리. 이 아나키스트의 시선은 힘없고 외지고 험한 데 닿아 있다.

동행에게 바치는 꽃

시인은 "천생 바꾸는 것을 두려워하는 게으른 보수인지도 모른다. 그러나 작품에 대한 내 생각은 그렇지가 않다. 쓸 때마다 형식 접근과 내용 전개에서 이제까지와는 다르게 모색하고 새로운 기운을 불어넣고 싶은데 생각과 힘이 미처 따라주지 못하니 안타까울 뿐이"라고 했다. 이 겸허한 마음이 부르는 헌화가를 듣는다. 엄동설한. 나뭇가지와 풀잎에 내려앉은 서리를 가리키는 상고대의 빛나는 눈꽃을 리메이크한 헌화가.

단 한 번도 꽃다운 삶 살아보지 못한 넋이

남들 다 피었다 진 철 지난 엄동설한에

마침내 온 산 들녘을 피워내는 꽃이여

당신 계신 그곳에는 피었을 것 같지 않아

한두 송이 곱게 꺾어 보내드리고 싶지만

먼 길에 시들면 어쩌나 눈이 부신 눈꽃이여
— 〈겨울 헌화가(獻花歌)〉

그때 정상으로 올라갈수록 나무란 나무는 눈꽃으로 찬란했다. 산은 내게 정상 가까운 대피소까지만 허락했으나 그 맑고

찬 산의 정령(精靈)과 눈꽃은 아직 생생하다. 그 눈꽃이어도 좋다. 애초에 없는 "당신"일지라도 누구든 그 당신이 될 수 있으니, 당신 계신 그곳에 눈꽃 한두 송이 꺾어 보내드리고 싶은 선한 마음. 누군들 꽃다운 삶 살아보고 싶지 않은 넋이 있을까. 남들 다 피었다 진 철 지난 엄동설한이면 어때. 덧없이 피었다 져야 하는 게 우리 인생이라면 단 한 번만이라도 피기만 피면 설화(雪花), 눈부신 생 아닌가. 온 산 들녘을 꽃피우는 이 늦은 만개(滿開). 이 맑고 허전한 아우라.

내 발걸음은 언제나 느리고 게으르다. 걷기가 지금보다 더 힘들기 전에 '단수시조집' 한 권을 엮을 수 있다면 그때 나의 이 여행을 끝내도 좋을 것 같다.

《아나키스트에게》에 붙인 글이다. 그러니 단수시조집은 묶지 마시길 바란다. 아직 느리고 게으른 걸음 함께 걸어야 할 길이 우리 앞에 남아 있기 때문이다.

내가 누군가에게 기댈 언덕이
될 수 있다면

그의 상처 쓰다듬는 손길이
될 수 있다면

험난한
세상의 다리까지도

되어 줄 수가 있다면

— 〈동행(同行)〉

가난한 아나키스트는 호사를 누리는 권력자보다 주머니도 마음도 허전한 을(乙)들의 편에 있지 않았나. 그는 살아가며 '항심(恒心)'이 흔들릴 때마다 무산 스님은 기댈 언덕'이었다고 했다. 그처럼 그도 누군가에게 기댈 언덕이 되고자 한다. 상처를 쓰다듬는 손길이 되고자 한다. 느리더라도 천천히 걸으면서 길가의 애기똥풀이나 곤줄박이 새나 그저 지나치는 사람들과도 마음 나누고 무언가 그리워하며 모두를 사랑하겠다는 시인. 험난한 세상의 다리가 되어 그 모두와 동행하고 싶다는 시인.

공감과 품격, 현대시조의 표상

나는 이 글을 시작하며 박시교 시인은 1970년대 현대시조의 기수로서, 후학들에게 끼친 영향이 지대하다는 말로는 충분치 않다고 했다. 그는 예술가로서 정직함과 단호함을 보여온 드문 시인으로 어디에도 매이지 않는 정신의 오만을 푯대처럼 지녀왔다. 그 시선은 약자들 편에 있으나 남루할지라도 비루하지 않기를 바라는 절제 의식으로 품격을 지켜왔다. 그의 시는 보통사람의 이야기를 쉬운 말로 대변하여 공감력을 획득하고 있으니, 소개한 〈지상에서 가장 아름다운 이름〉〈독작〉 외에도 〈연리지 생각〉〈독법〉〈길〉과 같은 작품들은 널리 회자

되고 있다. 예술가로서의 품격을 지키며 대중적 인기를 누린다는 일은 시인이라면 누구나 이루고 싶은 꿈 아닐까. 그러니 박시교의 위상은 '현대시조의 표상(表象)'이라는 데 있다. 이제 시인은 더 천천히 걸으며 주변의 사소한 일도 살피겠다고 한다. 그의 절제는 느리고 게으른 걸음이 감당할 정도로만 마음을 내겠다고 한다. 천천히 가는 그 길에 나도 따뜻한 동행이 되고 싶다.

홍성란_ srorchid@hanmail.net.
시인. 1989년 중앙시조백일장(경복궁 근정전)으로 등단. 시집 《춤》《바람의 머리카락》《칭찬 인형》, 시선집 《애인 있어요》《소풍》 시조감상 에세이 《백팔번뇌 ─ 하늘의 소리 땅의 소리》 외 다수. 유심작품상, 중앙시조대상, 대한민국문화예술상, 이영도시조문학상, 조운문학상 등 수상. 현재 유심시조아카데미 원장.

이승하

수상저술 · 《한국 시조문학의 미래를 위하여》

심사평 · 시조문학에 대한 애정과 열의

수상소감 · 시조를 계속해서 짝사랑할 것이다

대표 평론 · 한국 시조문학의 발전을 위한 제언

자술연보 및 연구서지

이승하론 · 시조문학의 도약을 위하여 / 권성훈

이승하 / 1960년 경북 의성 출생. 중앙대학교 문예창작학과에서 학사 · 석사 · 박사학위를 받음. 1984년 〈중앙일보〉 신춘문예에 시가, 1989년 〈경향신문〉 신춘문예에 소설이 당선되어 등단. 기업체 샐러리맨 생활을 10년 남짓 하다가 나이 마흔인 1999년에 전임이 됨. 21년째 중앙대 문예창작학과 교수로 재직 중. 지훈상, 시와시학상, 편운상 등 수상. shpoem@naver.com

평론부문 수상저술

《한국 시조문학의 미래를 위하여》

국학자료원 | 2020년 04월 출간

차례

이승하 저 《한국 시조문학의 미래를 위하여》
(2020, 국학자료원)

제3부

짧은 말의 긴 울림, 짧은 시의 넓은 뜻 – 이지엽의 《내가 사랑하는 여자》

발해사가 왜 우리의 역사인가를 물었다 – 권갑하의 《겨울 발해》

제주도는 더 이상 눈물 흘리는 섬이 아니다 – 김진숙의 《눈물이 참 싱겁다》

현실과 역사, 사람과 자연, 삶과 꿈의 갈피에서 – 박미자의 《도시

시조문학에 대한 애정과 열의

현재 문단에서 시조문학 비평에 참여하고 있는 문인은 이승하 교수 외에도 7, 8명이 있다. 그중 이승하의 시조 비평은 본인이 시조 창작에 뜻을 둔 적도 있고 실제로 몇 편의 시조를 발표하기도 했기 때문에, 창작의 바탕 위에서 논리가 진행된다는 강점을 지닌다. 그뿐 아니라 그는 시조에 대한 대단한 열의와 애정을 갖고 있어서 진정으로 시조를 위하는 마음으로 비평에 임하고 있다. 그는 한 세미나 석상에서 "만약에 노벨문학상 수상자가 우리나라 사람으로 결정이 된다면 저는 시조시인이 받기를 바랍니다."라고 말한 적이 있는데, 평소 허언을 일삼지 않는 그의 성격으로 볼 때 이것은 진심이었을 것이다.

시조문학에 애정이 강하기 때문에 개별 시조 작품에 대한 비판도 그는 서슴지 않는다. 작품을 쓴 시인으로서는 가슴이 철렁한 일이겠지만, 개인적 감정을 넘어서서 시조의 미래를 위해 고언을 아끼지 않는 것이다. 이승하의 첫 시조비평집의 제목은 《향일성의 시조 시학》인데 그 부제가 '한국 시조문학의 앞날을 위하여'이고, 이번에 간행한 시조비평집의 제목은 《한국 시조문학의 미래를 위하여》이다. 제목만 보더라도 그가 우리 시조문학을 얼마나 아끼고 앞날의 발전을 기원하는지 충분히 짐작할 수 있다.

그는 이번 비평집에서도 지금 창작되는 시조에 대해 몇 가지 고언을 선언적으로 제시했다. 우선 자유시와 분간이 되는 시조를 쓰라는 것, 다시 말하면 형식의 변화를 보이더라도 시조의 기본 형식에 충실한 작품을 쓰라는 것을 당부했다. 다음으로는 구태의연한 내용이나 고색창연한 표현에서 벗어나라는 것, 참신한 표현과 창의적 상상력을 구사하여 자유시를 능가하는 문학성을 구현하라고 당부했다. 이와 아울러 현행 문학 교과서에 자유시에 비해 시조가 너무나 적게 실리고 있는 현실을 비판하고 대학의 국문학과나 문예창작과에서 시조 연구와 시조 창작이 더 비중 있게 다루어져야 한다고 역설했다.

　아울러 시조 번역 사업이 확대되어 시조가 다양한 외국어로 번역될 수 있도록 노력해야 한다고 말했다. 일반 문예지에 시조 발표 지면을 대폭 늘려줄 것도 제안했다. 이러한 현실적 제안들이 정책 입안자에게도 전달되어 몇 가지라도 실현될 수 있었으면 좋겠다. 매사에 성실한 이승하 교수가 그런 방면에 힘을 쏟기를 기대한다.

　이 책의 부록으로 〈조선조 양반가사와 평민가사 비교 연구〉와 〈유치환의 애절한 연서와 시의 상관관계〉가 수록된 것은 시조 인접 분야라는 점에서 이해가 되는데, '교과서에 실려야 할 시조 50수'가 부록 난에 배치된 것은 이해하기 어렵다. 이 부분은 시조문학의 미래를 위해 중요한 의미를 담고 있으므로 책의 중심부로 이동되어야 했을 것이다. 또 '교과서에 실려야 할'이라는 단서가 붙어 있기 때문에 작품의 가치에 대한 고려가 선행되었으면 더 좋았을 것이다.

이번에 시조문학 비평에 중요한 성과를 낸 이승하 교수의
정성과 노고가 더욱 발전하고 보람찬 결실을 거두어 그의 소
망대로 한국 시조문학의 미래가 찬연히 열리기를 기원한다.

심사위원 / 최동호 · 이숭원(글)

시조를 계속해서 짝사랑할 것이다

시조를 오랫동안 사랑하였다. 사랑의 종류 중에 짝사랑이라는 것이 있는데 나는 시조를 짝사랑하였다. 대학 2학년 때 〈경향신문〉 신춘문예 시조 부문에 투고하여 최종심에 올랐다. 시조가 최종심에 올랐다면 시조를 계속해서 썼어야 했는데 그렇게 하지 못했다. 대학 시절에 시창작 교수님(서정주·구상), 시문학사 교수님(함동선), 시론 교수님(김은자) 네 분이 다 시인이어서 시조는 가르침을 받을 수 없었다. 주변에도 시조를 쓰는 학우가 없었다. 최종심에 오른 시조 〈도시의 해빙기〉는 어디론가 사라졌다.

한 번 더 기회가 있었다. 3학년 때였다. 〈중앙일보〉 시조 독자 투고란에 이런 시조를 써 투고하였다.

녹동 맑은 바닷물에
비춰 봐도 씻어 봐도
봄바람 다시 불면
더 깊은 가슴앓이
수척한 네 얼굴에도
분홍 벚꽃 피어나

부여잡고 울었지

너를 안고 잠이 들면
꿈속에도 향수인가
물으로만 손 뻗치고
누군들 안 그리우랴

가꿔 온 삶의 텃밭
소망이 물오르듯
풀잎처럼 일어서서
언젠가는 돌아가리
내 작은 이승의 터전
마련되는 날이 오면

이근배 시인이 심사를 했는데 이 시조 〈소록도〉에 대해 "우리가 알고 있는 특정한 삶의 현장을 시인의 가슴으로 담아서 의지와 희망을 내뿜고 있다. 이런 긍정적인 작품에서 서정성을 잃지 않고 있는 것도 이 시조의 좋은 점이다."라는 칭찬을 해주셨다. 용기백배하여 시조 쓰기에 매진했더라면 시와 시조가 동시에 당선되는 영광을 누렸을지도 모른다. 그런데 그 시점에 나는 시와 함께 소설을 쓰고 있어서 시조와의 인연은 그것으로 끝이 나는가 했다.

하지만 시조에 대한 평론을 본격적으로 쓰는 계기가 찾아왔다. 이지엽 선생님 덕분이었다. 태학사에서 '우리시대 현대시조 100인선'을 내고 있는데 그중 한 분인 진복희 시조시인의 시집 해설을 쓸 수 있겠냐는 청탁을 하신 것이다. 2000년이었다. 이승하 시인이 시조집 해설도 쓰는구나, 하는 소문이 났는지 시조 전문 문예지와 시조집을 내려는 시인들한테서 청탁이 오기 시작했다. 몇 년 동안 22편을 써 2015년에 첫 시조평론집을 묶어냈다. 첫 시조평론인 〈향일성의 시학, 혼신으로 쓴 시조 ─ 진복희론〉에서 제목을 가져와 《향일성의 시조 시학》(고요아침)이라는 제목으로 펴냈다. 이 책으로 다음 해에 인산시조평론상을 받았다. 10권이 넘은 연구서·문학평론집을 냈지만 상을 받은 적이 없는데, 첫 번째 시조평론집으로도 두 번째 시조평론집으로도 큰 상을 받았으니 시조와의 인연이 계속해서 이어질 모양이다.

올해 여름호 《시조21》에 〈교과서에 실려야 할 옛시조 20편〉이란 제목으로 연재를 시작했다. 중학교 때 교과서에는 시조가 10편 이상 실려 있었다. 수험생 시절에도 시조를 열심히 공부했는데 지금은 대입 수능시험에 시조가 거의 안 나온다. 교과서마다 현대시인의 시는 실려 있지만 현대시조는 실려 있지 않다. 이병기, 최남선, 조운, 이은상, 김상옥, 이호우, 이영도 등의 시조도 교과서에 안 실려 있다. 한국문학번역원에서 60권이 넘는 현대시인의 시집을 외국어로 번역했는데 시조는 고시조집 3권만 번역했을 따름이다. 이런 홀대에도 시조시인과 시조 잡지 편집인들이 다들 침묵하고 있기에 《한국 시조문학의 미래를 위하여》에서 일장 성토를 했다. 이번에 만해사상실천선양회에서 유심문학상 평론 부문에 상을 주신 이유는 계속해서 싸우라는 뜻이 아닌가 한다. 시조문학의 발전을 위해 계속 열심히 연구하는 연구자, 비판하는 평론가의 소임을 다하고자 한다.

이승하

한국 시조문학의 발전을 위한 제언

이승하

시조와 하이쿠

한국 시조시단의 분발이 눈부시다. 일간지 신춘문예에 시조를 공모하는 곳이 줄어들기는 했지만, 중앙일보사에서는 여전히 중앙시조백일장과 중앙시조대상을 운영하고 있다. 2012년에 창간된 계간 《정형시학》과 반년간 《시조미학》은 기존의 《시조시학》《시조21》《시조생활》《시조춘추》《현대시조》《오늘의 시조》《개화》《화중련》《나래시조》 등과 함께 군웅할거를 이루고 있다. 이지엽 시인의 노력으로 태학사에서 '우리 시대 현대시조 100인선'이 나온 것도 시조 부흥의 기폭제 역할을 했다. 1983년에 간행된 문학과지성 시인선 제33권은 《네 사람의 얼굴》로서 윤금초 · 박시교 · 이우걸 · 유재영 네 시조시인의 합동시집이다. 이 시조집은 한국 현대 시조문학의 수준이 어느 정도인지 제대로 보여준 걸작만 모았다. 네 사람은 2012년에 다시금 《네 사람의 노래》를 문학과지성사에서 발간함으로써 30년 긴 세월에도 불구하고 실력이 조금도 녹슬지 않았음을 증명하였다. 젊은 시조시인 동인인 '21세기시조 동인'과 '영언 동인'의 활동도 무척 활발하다. 2008년 현대사설시조포럼의 출범과 2013년 한국시조시학회의 출범도 고무적인 일이다. 배우식 시인이 계간 《정형시학》을 통해 현대시조문학사를 쓰고 있는 것도 현대시조를 문학사적으로 정리한 적이 없는 우리로서는 획기적인 시도가 아닐 수 없다.

이상과 같이 시조시인들이 활발하게 작품 활동을 하고 있지만, 이상하게도 문단에서는 시조에 대한 관심이 적은 것 같다. 한국문인협회에 등록된 시인의 수는 2015년 현재 6,601명이고 시조시인의 수는 796명이니, 단순비교를 하면 9 대 1 정도 되는데 문단 전체의 관심 정도는 100 대 1이라고 해야 할지 모르겠다. 필자는 중앙대학교 문예창작학과에 1999년부터 재직해 오고 있는데 지금까지 시조를 쓰겠다는 학생은 딱 한 명 보았다.

우리 시조시단과는 대조적으로 이웃 일본의 하이쿠[俳句]는 자국 내에서 지난 수십 년 동안 선풍적인 인기를 끌고 있다. 전남대 일어일문학과 김정례 교수가 《시와 사람》 1997년 가을호에 기고한 글을 보면 일본 내 하이쿠 동인지의 수가 약 800종이며 하이쿠 인구는 400만 내지 500만이라고 하니, '국민시가'라는 칭호를 붙여도 전혀 어색하지 않을 정도다. 또한 중앙지 및 지방신문에 하이쿠 난이 마련되어 있어서 날마다 50에서 100여 수의 하이쿠가 선자의 평과 함께 실리고 있다고 하는데[1] 우리는 〈중앙일보〉 지상의 중앙시조백일장이 유일하다.

옥타비오 파스, 에즈라 파운드, 롤랑 바르트, 호르헤 루이스 보르헤스 등 세계의 유명 문학인의 공통점을 들라면, 하이쿠 예찬론자라는 사실이다. 이어령은 《하이쿠의 시학》을 일본어로 집필, 일본의 출판사 PHP에서 출간한 후 1986년에는 한국어로 본인이 번역·출간하였다. 이 책은 일본에서 주는 제4회 마카오카 시키(正岡子規) 국제하이쿠상을 받았는데 이에 앞서 이 상을 받은 이는 프랑스의 이브 본느프와, 미국의 게리 스나이더였다. 미국에서만 하이쿠 잡지가 4종이 나온다고 한다. 김정례의 글을 보면 하이쿠에 매료되어 하이쿠를 쓰고 있는 외국인은 수십만 명에 달하지 않을까 짐작하게 된다.

(일본의 신문지상에) 외국인의 하이쿠 투고 및 소개란까지 있는 경우도 드물지 않다. 그런가 하면 어느 지방도시에선가 관광산업의 하나로 개최하기 시작한 하이쿠 대회에는 일본 전국뿐만 아니라 세계 곳곳의 사람들까지 참석하여 대성황을 이뤄 개최 당사자들까지 놀랐다고 한다.[2]

우리 시조가 국내에서도 그다지 크게 환영받지 못하고 있는 반면, 하이쿠는 이와 같이 일본 국내를 넘어 세계인의 감성을 자극하고 있다. 시조는 국내 대학 국문학과에서도 연구하

---

1) 김정례 〈하이쿠의 세계〉《시와 사람》시와사람사, 1997 가을, 188-205쪽 참고.
2) 위의 책, 188쪽.

는 교수가 많지 않고, 학부나 대학원에 시조 과목은 거의 개설되어 있지 않은 것으로 안다. 반면 국내에 번역 출간된 하이쿠 시집은 대체로 10쇄 이상을 찍고 있다.[3] 하이쿠는 우리나라에서 큰 인기를 끌고 있는 반면 시조는 옛시조이건 현대시조이건 국내에서 별로 읽히지 않고 있다. 외국에서 한국의 시조를 연구하고 있는 사람도 없지는 않겠지만, 즐겨 읽는 독자층은 형성되어 있지 않다고 본다. 우리나라에서 하이쿠 연구는 제법 활발한 편인데, 연구서만 10권 이상이 나와 있다. 그 이유는 4년제 대학치고 일어일문학과나 일어학과가 없는 대학은 거의 없으며, 학과마다 일본 시가를 가르치는 교수가 1명 이상씩은 있기 때문이다. 이어령은 하이쿠를 제대로 연구한 학자인데 바이시츠(梅室)의 "동백꽃 지고 닭이 울고 동백꽃 또다시 지고(椿落ち鷄鳴き椿又落つる)"라는 짧은 시를 가지고 무려 두 쪽에 걸쳐 상세하게 해설하고 있다. 이 한 편의 작품에 대한 해설이 여섯 개 단락에 걸쳐 진행되는데, 제일 앞 단락만 인용한다.

닭이 우는 소리와 동백꽃이 지는 것과는 아무런 인과관계도 없다. 그러나 닭도 동백꽃도 같은 시간, 같은 공간인 봄날

---

3) 류시화 번역의 하이쿠 시집 《한 줄도 너무 길다》는 2000년 이레출판사에서 출간하여 수십 쇄를 찍었는데, 2014년 6월 16일에 출판사 연금술사에서 《백만 광년의 고독 속에서 한 줄의 시를 읽다》라는 제목으로 증보판을 냈다. 인터넷서점 예스24에 들어가 보니 2015년 4월 22일 현재 판매지수가 18,618이고 56개의 회원 리뷰가 달려 있다. 김정례 번역 《바쇼의 하이쿠 기행》 1, 2, 3권과 유옥희 번역 《마츠오 바쇼오의 하이쿠》 모두 10쇄 이상을, 오석륜 번역 《일본 하이쿠 선집》은 7쇄를 찍었다.

의 뜰에 존재하고 있는 것이다. 화창한 봄날의 햇살이 조용한 뜰을 가득히 채우고 있다. 모든 것이 꾸벅꾸벅 조는 듯이 보인다. 움직이는 것은 아무것도 없다. 다만 간혹 동백꽃이 떨어지는 그 정지된 시간과 공간에 한순간 잔물결이 인다. 그리고는 다시 정지된 공간, 흡사 끊겨 정지된 영화의 화면 같은 공간으로 돌아간다.[4]

한 편의 하이쿠 작품에 대한 해설의 6분의 1을 인용했을 따름이다. 하이쿠에 대한 이어령 씨의 관심과 애정의 정도를 읽을 수 있다. 자, 그런데 일본의 어느 서점에 우리 시조집이 번역되어 꽂혀 있을까? 일본의 어떤 대학교수가 한국의 시조를 연구해 논문을 발표하고 한국의 학자들에게 자문을 구하고 있을까? 시조와 하이쿠를 비교 연구하는 학자는 있을 테지만 어떤 연구 성과를 냈는지는 알 수가 없다. 하이쿠에 우리 시조를 견줄 때면 자존심이 상하는 정도에서 그치지 않고 자괴감까지 든다. 우리는 어찌하여 우리 것은 홀대하면서 일본의 하이쿠에는 열광하는 것일까? 한국 시조문학의 발전을 위해 몇 가지 방안을 생각해보았다.

시조는 시조여야 한다

시조시단의 붐 조성에는 시조시인들의 역할이 가장 컸다. 문학평론가 중 서울대 장경렬 교수나 한양대 유성호 교수, 숭

---

4) 이어령《하이쿠의 시학》서정시학, 2009, 47쪽.

실대 엄경회 교수 외에는 시조에 대해 각별히 관심을 갖고 비평의 글을 쓰는 이가 잘 안 보이는데, 시조시인들 스스로 열심히 한 덕분일 것이다. 《정형시학》 2015년 봄호를 보니 '민족시사관학교 출신 신춘문예 당선자 41인 특집'이 실려 있다. 윤금초 시인이 키워낸 시조시인들이 우리 시조시단을 이렇게 풍성하게 만들고 있다. 그런데 시조 전문지를 보다 보면 시조 같지 않은 시조를 발견하게 된다.

우리 동네 과수원에 봄마다 피는 배꽃
올해도 어김없이 허리 휠 듯 피었는데
고딕체
영농금지가
개발구역 통보한다

숨 막히게 피워낸 눈부신 절정의 행렬
시리도록 폭죽 터진 저 축제 언제 끝날지
아찔한
고요의 시간
화두처럼 번져갈 쯤
난 재빨리 몸 안으로 배나무를 가지고 와
거친 내 몸 구석에 정성 다해 심는다
입 안은
금방 배꽃으로
가득 찬 수레다

그때, 과수원 앞 좁은 길 사이로

천천히 자전거를 밟고 오는 사내아이

스르륵

흰 꽃잎 열고

배꽃으로 들어온다

— 〈가난한 축제〉 전문

이 작품은 형식상의 파격도 보여주지 않고, 내용도 그다지 난해하지 않다. 하지만 시조로 보기에는 난점이 있다. 특히 단형시조 두 수가 이어져 있는 제2연이 시조의 '틀'을 깨고 있다. 혹자는 시조시인의 실험정신을 이해해줄 수도 있지 않겠느냐고, 필자의 거론을 비판할 수도 있을 것이다. 하지만 10행으로 이루어진 제2연을 보면서, 음수를 맞춘다고 다 시조가 되는 것은 아니라는 생각이 자꾸만 든다.

자다 깨도 끝이 아닌 장편 사막 읽는다 헛바닥 갈라터진
은회색 세이지브러시 메마른 백태를 긁는 모하비 지나간다

더없이 등 구부려 거북처럼 엎딘 발로 콜로라도 사억 년
빚어놓은 기억 좇아 빙의된 가벼운 몸체 난간에 부려놓는다

강물의 긴 새김질 바람이 쓰다듬고 신산한 세월 비껴가 된
비알 곧추세운 그 붉은 층층의 절리 태초를 껴안는다

— 〈그랜드 캐넌〉 전문

124

자세히 보면 '메마른' '빙의된' '그 붉은'이 단형시조의 종장 첫 음수인 세 글자를 지키고 있으므로 시조임이 틀림없다. 하지만 이런 식으로 3개 연을 산문시형으로 써놓아서 시조라고는 인식되지 않는다. 《시조미학》이라는 시조 전문 문예지에 실려 있기에 시조라고 생각하면서 읽지, 다른 지면에서 읽었다면 낭송해보기 전에는 시조라고 알아차리기 어려울 것이다. 물론 시조시인들은 한눈에 시조라고 생각하겠지만 보통의 독자들은 시조라고 눈치채는 데 시간을 좀 들여야 할 것이다.

시조가 이런 식으로 변형을 꾀하는 것은 분명히 이유가 있을 것이다. 우리가 중·고등학교 시절, 교과서를 통해 배웠던 단형시조의 단조로움을 탈피해보려는 시조시인들의 눈물겨운 노력의 소산임이 틀림없다. 그러나 독자들은 현대 시조시인들의 이런 변화 모색을 오히려 위험하게 생각하지 않을까. 시조인지 자유시인지 분간이 안 가게 해놓고 '자세히 보면 시조입니다'라고 하는 것은 시조에게 다가가려는 독자를 혼란에 빠뜨리는 결과를 초래할지도 모른다.

구태의연한 시조가 너무 많다

시조는 3장 6구 혹은 3/5/4/3의 형식을 지키는 것도 중요하지만 시 정신을 갖고 쓰는 것이 무엇보다 중요하다. 운문으로 썼다고 하여 모든 것이 허용되는 것이 아니다. 어느 시조 전문지에서 '통일'이라는 대주제로 청탁을 하여 시조란을 꾸몄다. 상당한 수준작들도 있었지만 아래의 시조들은 시조시집을 몇

권씩 낸 기성시인들이 쓴 것으로 봐주기에 어려운 태작들이
다. 이런 수준의 작품이 태반이었다.

손 내밀면 닿을 듯한 지척의 거리라지만
나누어 근 일세기 불신만 쌓여가네
끝내는 만나야 할 연이라면
상처라도
덜 남기를

—〈임진각에서〉 전문

가시투성이 너에게 다가가려고 해
가시투성이 나를 안아줄 수 있겠니
난치성 화농 터지고 꽃은 붉게 타리라

—〈선인장〉 전문

38선을 지우며
몸을 섞는 바닷물처럼

하나가 되고픈 마음
그 무엇도 막을 수 없어

철조망, 경계선 하늘에
혈서를 쓰는 간절함이지

—〈우리의 소원은〉 전문

산길을 달린다
초록태풍 몰려온다

창문을 연다
라디오를 끈다

갖가지 자연의 소리
오관으로 들린다

— 〈오색약수로〉 전문

  보통의 시 독자가 시조시인들의 이런 작품을 봤다면 틀림없이 실망이 컸을 것이다. 그 실망이 시조시단 전체에 대한 외면으로 이어질지도 모르므로 그 시조잡지의 특집은 오히려 꾸미지 않는 것이 나았으리라. 우리가 좋은 시에서 보는 시인의 독특한 상상력이나 뛰어난 직관을 시조의 형식이 짧다는 이유를 들며 거기에 담아낼 수 없었다고 한다면 변명에 지나지 않는다. 시조이기에 더욱더 압축미와 정제미를 가질 수 있을 것이고 긴장감과 속도감을 줄 수 있을 텐데 이런 시조작품에서는 그 어떤 것도 기대할 수 없다. 단순·소박하고, 세련미는 전혀 없으며, 아마추어리즘의 극치다.

  시조시인들이 경계했으면 하는 다른 한 가지는 지나친 회고지정이다. 안 그래도 일반 독자들에게 '시조는 낡은 형식이다'라는 선입견이 있는데, 시조시인이 1930년대나 1950년대 이야기를 하고 있으면 시조는 형식만 완고한 것이 아니라 내용도 구태의연한 것이라고 오인하게 된다.

달마저 잠들어야 바늘에 실을 꿴다

온종일 쭈그렸던 품앗이 그 자체로

백열등 눈 비벼주며 피로를 홈질하고

벌어진 문틈으로 잔기침 새고 나면

잊고 산 계절을 풀벌레가 귀띔한다

식구들 낮은 숨 엮어 보듬는 한 땀 한 땀

터지고 해진 밤을 얼마나 기웠을까

피멍 든 골무 있어 굶지 않던 셋방 시절

어머니, 실 매듭지어야 다리 뻗는 홑이불

— 〈삯바느질〉 전문

이 작품 자체는 태작도, 수준 미달작도 아니다. 완성도 어
느 정도는 있고 감동적인 측면도 있다. 무능한 가장, 혹은 언
제나 부재인 아버지를 대신하여 어머니가 삯바느질로 식구들
의 생계를 꾸려간 집이 어디 한두 집이었던가. 하지만 이런 정
서는 일제강점기 때나 한국전쟁 후인 1950년대라면 모를까,
21세기인 지금 발표하여 뭇 독자의 공감을 이끌어내기는 어렵
다. 시인 자신에게야 어릴 때의 독특한 체험이겠지만 이렇게
회고지정에 사로잡힌 시조는 자칫 '시조는 낡은 것'이라는 선
입견을 고착화시킨다.

시조가 지금 이 시대의 정서를 실어내야 하는 것은 시와 조
금도 다르지 않다. 다른 점이 있다면 시조는 형식적인 면, 즉
정형률을 요구한다는 것이다. 시조의 시공간이 '그때 그 시절'

로 이동하여 시인이 자신의 유년기 이야기를 들려주는 일에
지나치게 몰입할 경우, '현대시조'라는 명칭을 부여하기 어렵
다. 현대시조를 박물관으로 보내지 않으려면 시조시인들은 우
리 시대의 삶과 동시대인의 정서를 더욱 치열하게 들여다봐야
할 것이다.

  부모님 슬하에서 이십 몇 년 살다가
  남편 그늘로 옮겨와 또 이십 년 가까이,
  하루도 울타리 없이 살아본 적 없었는데

  어느새 다 자란 아들 녀석의 커다란 손
  시름 깊은 내 등을 가만가만 토닥인다
  이제는 그 큰 손 안에 눌러앉아도 되겠다
                                    ─〈이적(移籍)〉 전문

  잘 이해된다는 것이 결코 미덕이 될 수 없는 작품이다. 산문
이 아닌 운문이라고 해서 좋은 점수를 줄 수도 없다. 이 작품
을 읽고 공감하는 비슷한 연배의 여성 독자는 분명 존재할 것
이다. 그러나 형식만 잘 갖췄다고 해서 시조가 되는 것은 아니
다. 형식은 잘 지키고 있지만 평이한 서술에 그쳐 하나의 작품
으로 봐줄 수 없다. 문학이란 무엇인가. 한마디로 '특별함'이
아니던가. 상식도 시대에 따라 변하기 마련이다. 그런데 아직
도 낡은 습속에 안주하여 시적 고민을 조금도 하지 않는 위 와
같은 시조는 문학작품이라고 할 수 없다. 이렇게, 시조가 전근
대의 정서를 추억하는 한 '음풍농월'이라는 비난을 면하기 어

려울 것이다. 이런 식의 서술(敍述), 진술(陳述), 기술(記述)로
는 하나의 세계를 새롭게 포착해낼 수 없다.

사설시조가 돌파구가 될 수 있을까

시조시단에서 요즈음 사설시조(辭說時調) 쓰기가 유행인
듯하다. 현대사설시조포럼에서는 앤솔러지를 지금까지 5권을
냈으며, 이 포럼의 회원 수는 현재 30명이다. 각종 시조 잡지
에 사설시조가 심심치 않게 실리고 있는 것을 보아도 사설시
조 쓰기에 많은 시조시인들이 공력을 기울이고 있음을 알 수
있다. 시조를 형식상 분류하면 정제된 형식 속에서 규범을 지
키는 평시조, 형식과 규범을 벗어난 엇시조와 사설시조로 구
분된다. 엇시조는 평시조에서 초·중장 중 어느 한 장의 한 구
가 길어진 형태의 고시조고, 사설시조는 평시조에서 두 장 이
상이 길어진 형태의 시조다. 일반적으로 중장이 제한 없이 길
어진다. 다시 말하면 사설시조는 종장의 첫 구만이 시조의 형
태를 지니는 것과, 3장 중에서 2장이 여느 시조보다 긴 것이
있다. 그러니까 오늘날 창작되는 사설시조는 사실은 엇시조인
경우가 많다.

사설시조는 조선조 숙종 연간에 나타나기 시작하여 영·
정조 시대 서민문학이 일어났을 때 주로 중인을 비롯하여 부
녀자, 기생, 상인 등 서민들과 몰락한 양반들이 창작자로 나섰
다. 형식에 구애받지 않고 자수가 자유롭기 때문에 내용 면에
서 양반들처럼 관념적이고 고답적인 내용을 담지 않고, 주변

생활이 중심이 된 재담, 욕설, 음담, 애욕 등을 서슴없이 대담하게 묘사하였다. 형식 또한 민요, 가사, 대화 등이 섞여 통일성이 없지만, 서민의 심정을 잘 대변하는 양식으로서 작자 미상의 작품이 숱하게 나타났다. 아울러 당시의 사설시조는 현실을 풍자하거나 인간 생활의 실상을 사실적으로 담아내는 특징이 있다. 아래 작품은 2013년에 나온 현대사설시조포럼 앤솔러지 제4집에 나와 있다.

아버지, 요새는 좀 신열 괴로움 덜하세요?

사람들은 하기 좋은 말로 마지막 길 배웅한 것만도 효도라지만, 시시각각 저승 쪽으로 발걸음 옮기실 때, 저는 막지 못했어요, 그냥 울기만 했어요. "자제분한테는 안된 말이지만, 오늘쯤 떠나실 것 같습니다." 아직도 의사의 말이 귀에 쟁쟁 울려요. 그 말 듣고도 아버지를 어떻게 하지 못했어요. 임종이란 게 그런 건 줄, 그렇게 잔인한 순간인 줄, 아버지는 아셨어요? 저는 정말 몰랐어요. 중환자실로 옮기실 때 무균병동이 부러웠어요. 감옥 같아 답답하다고 싫어하신 곳인데도. 영안실선 중환자실이 천국같이 그리웠죠. 그래도 거기는 아버지에게 이승이었으니까. 지금 계신 그곳에선 이곳이 혹시 그리우세요?

아버지, 이승의 모진 병은 다 내려놓고 가신 거 맞죠?
                                    — 〈아버지를 여의고〉 전문

시인의 체험담이 진술하고, 병마에 시달리다가 돌아가신 아버지에 대한 간절한 그리움이 잘 느껴지지만, 이 작품은 낙제점이다. 너무나도 평이하게 자신이 경험한 바를 서술하고 있을 따름, 시적인 의장은 전무하다. 작자 자신은 이렇게 말할지도 모르겠다 ― 이 소재는 솔직담백하게 표현하는 것이 최선이라고 생각한다, 비유나 상징을 동원하여 모호하게 표현하지 않은 것을 이해해 달라. 글쎄, 〈아버지를 여의고〉는 일기나 기록물은 될지언정 시는 될 수 없다. 사실을 그대로 보여주는 것으로는 시의 진정성이 확보되지 않는다. 독자의 상상력이 가닿을 공간을 시인은 계산해야 하고, 그것이 내적인 치밀함을 통해 이루어져야 한다. 상징이나 은유는 철저히 배제한 채, 자신이 경험하고 생각한 것을 곧이곧대로 서술하는 것이 사설시조일까? 묘사를 배제하고 설명으로만 일관할 때, 운문인 것 같지만 운율이 느껴지지 않는 대화체일 때, 그것은 시의 의장을 두른 서사문의 일부가 될 뿐이다.

베란다를 뛰쳐나온 장대는 모택동의 바지며 강택민의 속옷이며 문화혁명의 붉은 휘장이며 후진타오의 잠옷을 흔들어대며 거리를 호령하다 호기로운 표정으로 나팔을 불어댔어,

송미령의 란제리도 염치없이 불거지자 장개석은 피를 토하고 서산으로 숨었어, 등소평은 고양이들과 난간에서 웃고 있었어, 흰 놈도 검은 놈도 죄다 모여 투전판을 벌이며 손뼉을 치고 있었어, 황금에 홀려 홀딱 반해서 손뼉을 치고

있었어,

오늘은 녹슨 메이데이 인민공화국은 없었어,
— 〈다시 중국에 2〉 전문

이 사설시조를 쓴 이는 중국의 급격한 자본주의화를 비판·풍자하려는 의도를 갖고 있는 듯하다. 등소평이 집권해 실용주의노선을 택했을 때 한 말, "검은 고양이든 흰 고양이든 쥐를 잘 잡는 고양이가 좋은 고양이다."가 이 시의 모티브다. 일명 '흑묘백묘론'으로 불리는데, 이것을 취한 것 외에 이 작품의 가치를 논할 만한 것은 없다. 중국의 이런저런 정치지도자들을 하나같이 비아냥대고 있을 뿐 풍자시로는 읽히지 않는다. 풍자시를 쓰고 싶었다면 환유 기법에 대해 더 고민했어야 옳다. 중국은 지금 천민자본주의의 향락에 빠져 정신을 못 차리고 있으니 차라리 개혁·개방 이전, 공산주의 체제였을 때가 훨씬 나았다는 주장을 시인은 하고 있다. 일리 있는 주장이다. 중국의 발전을 생각해보면 "흰 놈도 검은 놈도 죄다 모여 투전판을 벌이며 손뼉을 치고 있었어, 황금에 홀려 홀딱 반해서 손뼉을 치고 있었어"라고 매도하는 것은 위험하지 않을까?

시를 통한 주장이 직설적일 때, 시의 외연은 천박해질 수가 있다. 시의 내포는 기대조차 할 수 없다. 직접 말하는 방식으로 모든 것을 보여줘 버린 마당에, 감춰둘 무엇이 있기나 하겠는가. 궁금증을 품은 독자를 한 발자국씩 시의 세계로 이끌 만한 장치가 어디에도 없다. 한편 아래 인용하는 두 편의 사설시조는 지나치게 평이하다.

때로는 시름에 겨워 멍청히 젖는 날도 있네

세계를 돌아보듯 지구본이나 돌려보다가, 호젓이 남산에
올라 내가 나를 내려도(??내려다)보고, 아득한 시공을 뚫고
훨훨 나는 새도 보고 강가에 우뚝 선 나무 초롱초롱한 눈도
보다가

산안개 온몸에 젖어 돌아오는 날도 있네.
　　　　　　　　　　　　　　　—〈때로는 남산에 올라〉 전문

눈을 감고 있으면
고향 바다가 눈 안에 든다

떠오르는 그 바다에 다시 뜨는 불빛처럼 바닷가 풀숲 헤치던
여치 소리도 바다로 든다 바다로만 눈을 두는 어부의 가족들
처럼 하루에도 서너 번씩 떴다 지는 수평선처럼

그리운 고향 포구
만선 깃발 펄럭인다
　　　　　　　　　　　　　　　—〈고향 생각〉 전문

　최소한의 긴장감도 없는 평이함이 답답함을 느끼게 한다.
앞의 시는 남산에 갔다 오니 참 좋았다, 뒤의 시는 포구가 고
향인 시인이 떠나온 고향을 한 번 생각해보았다, 이것이 전부
다. 이런 작품은 실패작이라거나 태작이라기보다는 범작이

다. 그렇구나, 하는 데서 독자의 감상은 끝나고 만다. 독자의 기대지평을 넘어서는 곳에 시가 자리해야 하는데 그 지평 아래에 시가 있으면 이 역시 세상과 삶의 새로운 지점을 발견하는 데는 실패하고 마는 것이다.

상상력의 새로움, 표현의 참신성, 튼튼한 주제, 이 세 가지 중 어느 하나도 시에 없다면 시인은 독자의 귀한 시간을 빼앗는 존재가 되고 만다. 최소한의 긴장감도 없는 평이함이 답답함을 느끼게 한다. '상식'과 '일상적 대화'의 차원을 넘어서는 곳에 문학작품의 진실이 존재한다는 사실을 두 분은 상기했으면 한다. 아래 사설시조는 인터넷에 떠도는 유머를 좀 더 재미있게 구성해본 것이다.

삼각산 그 기슭에 황룡이 꿈틀댄다

우남 개국 대통령은 미국에서 원조받아 가마솥 하나 장만했으나 밥 지을 쌀이 없었다 불도저 대통령이 어렵사리 통일벼 농사 지어 초가지붕 벗겨내고 밥을 해놓았으나 정작 본인은 맛도 못 보고 갔다. 이 밥을 먹으려고 돌부처 대통령은 솥뚜껑을 열다 손만 데었고 그 밥을 낙지머리 대통령이 일가를 불러다 깨끗이 비웠다나. 남은 게 누룽지밖에 없는 걸 안물태우 대통령은 물을 부어 혼자 다 잡쉈고 앵삼이 대통령은 그래도 남은 게 없나 닥닥 긁다가 솥에 구멍이 나자 엿 바꿔 먹었다. 빈손이라고 툴툴대던 인동초 대통령은 국민이 모아준 금과 신용카드 빚으로 미국(IMF)에서 전기밥솥 하나를 사왔는데 바보 대통령은 110V용인 미제 밥솥을 220V '코드'

에 잘못 끼워 홀랑 태워 먹고는 '코드가 안 맞다'고 불평했다.
밥 짓기의 달인이라는 맹박 대통령은 고장 난 전기밥솥을 고
칠 줄 알았더니 정작 불 위에 올려놓고 부채질만 해댔고 저
기 저 얼음공주, 나비처럼 날아가서 오채지(五彩池)를 물고
오는지

　　또 뭐고? 요술주머니 하나씩 준다꼬?
　　　　　　　　　　　　　　　　　　　　— 〈대통령 밥솥〉 전문

　이 작품은 현실을 풍자하고 인간 생활의 실상을 사실적으로
담아낸다는 사설시조의 본령에 충실한데, 그렇다고 해서 훌
륭한 작품인가? 그렇지 않다. 대통령의 이름 이승만 대통령을
'우남 개국 대통령'으로, 박정희 대통령을 '불도저 대통령' 등으
로 고친 것 말고 인터넷상의 유머와 달라진 것이 거의 없다.
이미 많은 사람들이 알고 있는 재담을 패러디하면 또 모를까
그대로 가져다 쓰고는 사설시조라고 발표하고 있으니 지면이
아깝다. 현실에 대한 건강한 비판의식이 풍자 기법을 사용하
게 하는 법인데 이런 식의 전체 인용은 시조의 품격을 떨어뜨
리는 데 일조할 뿐이다.

마무리

　지금까지 필자는 이 땅의 시조시인들을 향해 상찬의 말은
거의 하지 않고 꾸지람만 한참 했다. 왜 그런 것인지는 시조시

인들이 잘 알 것이다. 비판을 겸허히 수용하면서 발전을 꾀해야 할 터인데 지금까지는 시조시인들을 향해 지적하고 조언을 하는 사람이 적었던 것 같다. 그래서 시조에 대해 애정만 갖고 있는 필자가 시조는 쓸 줄도 모르면서 괜히 나서서 이런 잔소리를 했으니, 해량하시기를 바란다.

재작년에 필자는 놀라운 일을 겪었다. 부산에 계시는 어느 중견 여성 시조시인이 전화와 서신으로 시조집 해설을 써달라고 간곡히 부탁하기에 요망한 시간까지 써서 보내드렸다. 해설의 글이니만큼 비판의 글은 한 줄도 쓰지 않았고, 그렇다고 해서 칭찬 일변도로 쓰지는 않고 솔직하게 느낀 점을 써서 보내드렸다. 그런데 몇몇 시조에 대한 언급이 없다고 하며 보충을 해달라고 해서 그 부탁에 대해서도 흔쾌히 응하였다. 그런데 놀라운 일은, 출간된 시조집을 그분에게서 받아본 후에 일어났다. 내가 쓴 글이 아예 빠지고 자신이 쓴 장문의 해설 '시인의 에스프리'가 실려 있는 것이었다. 칭찬이 부족한 것이었지, 아무리 거듭 읽어보아도 내 해설은 핀트에 어긋난 것이 아니었다. 그 시조시인은 시조시단에서 주는 온갖 상을 받은 대단한 분이었는데, 내가 제대로 모시지 않은 것에 분노하여 이런 식으로 보답을 해왔던 것이다. 이런 사례가 시조시단 일각에 퍼져 있는 것은 혹 아닐까. 자화자찬을 일삼고, 서로 칭찬해주고, 남의 조언은 듣기 싫어하는 풍조가 시조시단의 발전을 저해하고 있는 것은 아닐까.

일본의 하이쿠는 자국 내에서도 외국에서도 대단한 인기를, 아니 영예를 누리고 있다. 천황이 연초에 발표하는 와카[和歌]가 총리의 연두교서보다도 더 크게 환영받는 나라가 일본이다. 고려조 후기부터 지금까지 연면히 이어온 우리의 시조가 독자들의 사랑을 받으려면 시조시단 내에서 대오각성과 분발이 있어야 하겠기에 시조시인들로부터 몰매를 맞을 각오를 하고 이 글을 썼다.

(《시조문학》 2015년 여름호 발표)

자술연보

• **1960년** 경북 의성군 안계면에서 경찰서 지서 주임 이재권(부)과 교사 박두연(모)의 차남으로 출생.

• **1964년** 경북 김천으로 이사해 그곳에서 성장.

• **1975년** 김천고등학교에 진학했으나 4월 말에 서울로 가출을 시도. 집에서 대구 경신고등학교로 전학을 시켰으나 학교에 가지 않아 퇴학 처리됨. 대입검정고시를 준비해 대구, 대전지구 검정고시에 합격.

• **1979년** 중앙대 문예창작학과에 입학했으나 바로 휴학. 불면증이 심해져 병원 치료를 받음.

• **1980년** 중앙대학교에 복학, 1학년이 됨. 문무대에서 병영집체훈련을 받는 동안 광주민주화운동이 일어남. 큰 충격을 받고 사회와 역사를 바로 보는 눈을 갖고자 노력하게 됨.

• **1981년** 시 〈집짓기〉로 《시문학》 전국대학 문예작품 공모에 당선. 초회 추천의 특전이 주어졌으나 천료를 미루고 신춘문예와 문예지 신인상에 투고하여 계속 낙선.

• **1984년** 시 〈화가(畵家) 뭉크와 함께〉로 〈중앙일보〉 신춘문예 당선(서정주, 황동규 심사). 육군 보충역에 입대하여 군 복무를

마침.

- **1985년** 육군 일병 제대 후 대학원에 진학.

- **1986년** 오혜윤과 결혼.

- **1987년** 논문 〈한국 기독교적 시의식 연구〉로 석사학위를 받고 문예출판사에 편집부원으로 입사. 제1시집《사랑의 탐구》(문학과지성사) 출간.《월간 경향》에 수개월 르포 기고.

- **1988년** 쌍용그룹 사사편찬실 입사, 쌍용에서 7년 반 근무. 중편소설 〈설산〉으로 1천만 원 상금 KBS 방송문학상 수상(이어령, 서기원, 이문열 심사).

- **1989년** 소설 〈비망록〉으로 〈경향신문〉 신춘문예 당선(홍성원, 송영 심사). 제2시집《우리들의 유토피아》(나남출판사) 출간. 딸 민휘 출생.

- **1991년** 중앙대 대학원 박사과정 입학. 제3시집《욥의 슬픔을 아시나요》(세계사) 출간. 이 시집으로 문예진흥원 제정 대한민국문학상 신인상 수상.

- **1992년** 중앙대 문예창작학과에 시간강사로 출강하기 시작.

- **1993년** 제4시집《폭력과 광기의 나날》(세계사) 출간. 이 시집

으로 총동문회 제정 서라벌문학상 신인상 수상.

- 1994년 제5시집《박수를 찾아서》(고려원) 출간. 아들 주형 출생.

- 1995년 제6시집《생명에서 물건으로》(문학과지성사) 출간. 서사음악극〈토지〉의 대본을 써 김영동 작곡으로《토지》완간 1주년 및 광복 50주년 기념 공연을 세종문화회관에서 함. 쌍용 퇴사. 편집회사 '사람들'에 입사, 1년 반 근무.

- 1996년 논문〈한국 현대시에 나타난 풍자성 연구〉로 중앙대학교에서 박사학위 받음. 서일전문대 문예창작과 출강. 금강기획 사사팀에 입사, 1년간 근무.

- 1997년 시론집《한국의 현대시와 풍자의 미학》(문예출판사) 출간. 서울여대와 숙명여대 출강. 문예진흥원 창작지원금 수혜하여 소설집《길 위에서의 죽음》(좋은날) 출간.

- 1998년 산문집《그렇게 그들은 만났다》(엔터) 출간. 인천재능대학 문예창작과 겸임교수가 됨. 시선집《젊은 별에게》(좋은날) 출간. 계간《한국문학평론》기획위원.

- 1999년 중앙대학교 문예창작학과 조교수 부임. 시론집《생명 옹호와 영원 회귀의 시학》(새미) 출간. 계간《시안》의 기행문 청탁을 받고 윤동주의 발자취를 찾아서 중국 여행.

- **2000년** 계간 《시안》 기획편집위원. 중국 실크로드 일대 여행, 오세영·허형만·이숭원 교수와 대담을 가진 뒤 《시안》에 게재. 편저 《한국현대 대표시선》(이진출판사) 출간. 시론집 《한국 현대시 비판》(월인) 출간.

- **2001년** 시론집 《한국 시문학의 위기를 극복하기 위하여》(중앙대학교 출판부) 출간. 제7시집 《뼈아픈 별을 찾아서》(시와시학사) 출간. 편저 《송욱》(새미) 출간.

- **2002년** 시 해설서 《백 년 후에 읽고 싶은 백 편의 시》(시와시학사) 출간. 시안시회 회장 및 사단법인 한국시인협회 사무국장 선임. 월간 《문학사상》 계간 《문학나무》 《문학마을》 편집위원. 《뼈아픈 별을 찾아서》로 제2회 지훈상 문학부문 수상. 산문집 《헌책방에 읽힌 추억》(모아드림) 출간. 박명용·이은봉·최문자 교수과 함께 시 해설서 《2002 오늘의 시》(푸른사상) 출간. 이후 2009년까지 이 책의 출간에 참여.

- **2003년** 부교수 승진. 산문집 《빠져들다》(좋은생각사) 출간. 멕시코 과달라하라 대학에서 열린 '2003년 한국-멕시코 국제문학 심포지엄'에서 논문 발표. 교학사 고등학교 《문학》 교과서에 시 〈이 사진 앞에서〉가, 태성·블랙박스 고등학교 《문학》 교과서에 시 〈화가 뭉크와 함께〉가 수록.

- **2004년** 시론집 《한국 현대시에 나타난 10대 명제》(새미) 출간, 문광부 우수학술도서 선정. 공저 《토지의 문화지형학》(소

명출판), 《한국현대시문학사》(소명출판) 출간. 《이승하 교수의 시 쓰기 교실》(문학사상사) 출간. 임영조 추모문집 《귀로 웃는 시인 임영조》(천년의시작) 출간. 미주문인협회의 초청으로 미국 LA에 가서 문학강연.

• **2005년** 문혜원, 이재복과 함께 《2005 젊은 시》(문학나무) 출간. 이후 해마다 이 책의 출간에 참여. 제8시집 《인간의 마을에 밤이 온다》(문학사상사) 출간, 문화예술위원회 우수문학도서 선정. 이 시집으로 중앙문학회 제정 제13회 중앙문학상 수상. 미주문인협회의 초청으로 재차 미국 LA에 가서 문학강연.

• **2006년** 시론집 《한국 시문학의 빈터를 찾아서》(푸른사상) 출간, 문광부 우수학술도서 선정. 세계명시 소개서 《세계를 매혹시킨 불멸의 시인들》(문학사상사) 출간. 편저 《김현승》(새미) 출간.

• **2007년** 이집트 나이로비의 이집트호텔 2층 컨벤션룸에서 열린 '이집트 국제문학 심포지엄'에서 발제. 어머니 돌아가심 (2. 19). 제9시집 《취하면 다 광대가 되는 법이지》(시학) 출간. 《청소년을 위한 시 쓰기 교실》(문학사상사) 출간. 공저 《문예사조》(시학) 출간. 산문집 《피어 있는 꽃》(건강신문사)을 출간해 아내에게 결혼 20주년 기념으로 선물. 제22회 소월문학상 우수상 수상. 우대식 시인과 함께 요절시인전집 간행에 참여하여 1차분 김민부·임홍재·김만옥·이경록·이비오 시전집을 새미에서 간행. 개교기념일에 중앙대학교 학술상 수상.

- **2008년** 1년 동안 중국 상하이 푸단[复旦]대학에 방문교수로 가 있을 예정으로 초청장을 받아둔 상태에서 학내 사태로 좌절. 정교수 승진. 페루 리마의 미라마 호텔 세미나룸에서 열린 '2008 페루 – 한국 국제 심포지엄'에서 논문 발표. 시론집《세속과 초월 사이에서》(도서출판 역락) 출간. 임영조 시전집《그대에게 가는 길》1, 2(천년의시작)를 편저로 냄. 제9시집으로 시와시학상 작품상 수상.

- **2009년** 시선집《공포와 전율의 나날》(문학의전당) 출간. 재미시인협회의 초청으로 세 번째 미국 방문, 재미 송석중 시인의 안내로 데스밸리 여행.

- **2010년** 요절시인전집 2차분 김용직 · 송유하 · 박석수 · 원희석 · 진이정 시전집을 새미에서 간행. 오스트리아 수도 비인의 Oesterreich Kultur-Zentrum에서 개최된 국제문학 심포지엄에서 논문 발표. 문학평론집《한국문학의 역사의식》(문예출판사) 출간, 문화예술위원회 창작기금 수혜. 제10시집《천상의 바람, 지상의 길》(서정시학) 출간. 국제한인문학회 재정이사로 선임. 편저《유주현 작품집》(지식을만드는지식) 간행.

- **2011년** 아버지 돌아가심(4.16). 아테네 British Hellenic College에서 열린 한국 – 그리스 수교 50주년 기념 국제문학 심포지엄에서 논문 발표. 국제언어문학회 총무이사로 선임.

- **2012년** 일본 교토대학 국제학술 세미나에서 논문 발표. 편저

《초판본 주요섭 단편집》(지식을만드는지식) 간행. 최익현에 대한 자료를 모으고자 일본 대마도 방문.

- **2013년** 한국 – 인도 수교 50주년 기념 국제문학심포지엄(인도 뉴델리의 인디아 인터내셔널센터에서 개최)에서 논문 발표. 문학평론집 《집 떠난 이들의 노래 – 재외동포문학 연구》(국학자료원) 출간. 최익현에 대한 자료를 모으고자 흑산도에 열흘 체류. 충남 청양군의 모덕사 등 전국 여행. ㈜천재교육 중학교 국어교과서에 시 〈돌아오지 않는 새들을 기다리며〉가 수록.

- **2014년** 제11시집 《불의 설법》(서정시학) 출간. 시론집 《한국 시문학의 빈터를 찾아서 2》(서정시학) 출간. 7월에 러시아 바이칼에 있는 크라스노야르스크의 대학에서 열린 국제문학 심포지엄에 참가.

- **2015년** 모스크바 국립대학에서 논문 〈러시아의 시인 투르게네프가 우리 시에 미친 영향〉을 발표. 편저 《백철 평론선집》(지식을만드는지식) 간행.

- **2016년** 한국문예창작학회 회장 선임. 미국 LA 한국교육원에서 한미번역문학가협회(회장 이원택)와 국제문학 심포지엄을 공동으로 개최. 한국가톨릭문인협회 부회장 선임. 《불의 설법》으로 제16회 들소리문학상 수상. 일본 시모노세키 바이코(梅光)학원대학에서 열린 국제학술대회에서 논문 발표. 평전 《마지막 선비 최익현》(나남출판사) 출간, 이 책으로 경기문학대

상 수상. 시조평론집《향일성의 시조 시학》(고요아침) 출간, 인산시조평론상 수상. 제12시집《감시와 처벌의 나날》(실천문학사) 출간, 천상병귀천문학상 본상 수상.

- **2017년** 평전《최초의 신부 김대건》(나남출판사) 출간. 산문집《피어 있는 꽃》의 증보판《시가 있는 편지》(케이엠) 출간. 시창작 안내서《시(詩) 어떻게 쓸 것인가?》(케이엠) 출간. 호주 시드니에서 국제문학 심포지엄 개최, 단국대 박덕규 교수와 문학반 시창작 지도(연속 4년 동안 초청받음). 편저《변영로 수필선집》(지식을만드는지식) 간행. 미국 알래스카 페어뱅크스에서 국제문학 심포지엄 개최.

- **2018년** 한국문예창작학회 회장 연임. 문학평론집《욕망의 이데아》(케이엠) 출간. 산문집《한밤에 쓴 위문편지》(케이엠), 제13시집《나무 앞에서의 기도》(케이엠) 출간. 시집《인간의 마음에 밤이 온다》증보판《아픔이 너를 꽃피웠다》를 출간.《문학에스프리》편집위원,《실천문학》편집고문에 선임. 해군사관생도의 순항훈련에 동승, 충무공이순신함을 타고 하와이, 아카풀코, 볼티모어항을 돌아 뉴욕에서 귀국.

- **2019년** 시집《나무 앞에서의 기도》(케이엠)로 가톨릭문학상, 편운문학상 수상. 시집《생애를 낭송하다》(천년의시작) 출간, 문학나눔 우수도서 선정. 공저《새로 쓴 시론》(소명출판) 출간. 오스트리아 비엔나에서 교민 문인들과 문학세미나를 가짐.

• 2020년 시집《예수·폭력》(문학들), 문학평론집《한국 시조문
   학의 미래를 위하여》(국학자료원), 위인전기《청춘의 별을 헤
   다》(서연바람), 평전《영원한 자유인 공초 오상순》(나남출판
   사) 출간.

연구서지

이광호 〈고통의 제의(祭儀)〉《욥의 슬픔을 아시나요》(재판) 해
  설, 세계사. 1991.

조남현 〈인간다운 삶에의 목마름〉《풀이에서 매김으로》고려원,
  1992.

김양헌 〈사진시와 굿시의 거리 – 이승하론〉《오늘의 문예비평》
  1994 겨울.

송희복 〈선험적 비극의 인간조건 – 이승하론〉《다채성의 시학》
  세계사, 1995.

정한용 〈한과 해학 – 굿/노래/이야기〉《지옥에 대한 두 개의 보
  고서》시와시학사, 1995.

강남주 〈이데올로기로서의 생태주의 시〉《중심과 주변의 시학》
  도서출판 전망, 1997.

고현철 〈사회 상황과 시적 방법론〉《구체성의 비평》도서출판 전
  망, 1997.

김주연 〈죽음이라는 '끝', 생명의 출발〉《가짜의 진실, 그 환상》
  문학과지성사, 1998.

이형권 〈영상화 시대의 시 쓰기 전략〉《현대시와 비평정신》국학
  자료원, 1999.

이혜원 〈우주의 시간과 인간의 시간〉《시와시학》1999 가을.

정과리 〈주검과의 키스〉《무덤 속의 마젤란》문학과지성사,
  1999.

전정구 〈우리들의 기쁜 사랑 – 이승하론〉《언어의 꿈을 찾아서》

평민사, 2000.

허혜정 〈'나'라는 묘지〉《시와 반시》 2000 봄.

이재복 〈폭력과 광기의 역사 – 이승하론〉《몸》하늘연못, 2002.

조해옥 〈빛나는 지상의 눈물〉《시와 사상》 2002 봄.

고명철 〈고통의 공명〉《시로 여는 세상》 2005 가을.

진순애 〈인간에 대한 경배와 사랑의 시학〉《다층》 2005 겨울.

김문주 〈시간, 그 홀로 깊어지며 이어지는 슬픔의 강 – 이승하론〉
《소통과 미래》서정시학, 2006.

이형권 〈구도의 길, 시인의 길〉《타자들, 에움길에 서다》천년의
시작, 2006.

박찬일 〈동고의 문학 – 이승하론〉《애지》 2006 봄.

김명원 〈폭력과 광기에 시의 칼로 맞서다〉《시선》 2006 여름.

이숭원 〈이승하 광대의 장단에 맞추어 한판 놀아보자〉《시인시
각》 2006 가을.

엄경희 〈죽음의 대상화〉《시와 상상》 2006 겨울.

윤호병 〈이승하의 시 〈화가 뭉크와 함께〉와 뭉크의 그림 〈절규〉〉
《문학과 그림의 비교》이종문화사, 2007.

이연승 〈기호의 사회학〉《현대시학》 2007. 4.

함돈균 〈'문'의 자리와 광대의 길〉《문학의 문학》 2007 가을.

황정산 〈다해가는 것들을 위하여〉《시와 사상》 2007 가을.

한원균 〈시인의 길〉《시로 여는 세상》 2007 겨울.

권정우 〈시적 상상력, 산문적 상상력〉《시와 정신》 2008 봄.

이숭원 〈사랑의 둔주곡을 위한 헌사〉《시와시학》 2008 겨울.

김나영 〈시라는 기호, 기호라는 시〉《시와 시》 2011 봄.

김영철 〈고통의 언어 치유의 시학〉《열린시학》 2011 봄.

조재룡 〈촌철살인의 언어로 정지된 사진에 혼을 불어넣는 방법〉
《열린시학》 2011 봄.

김점용 〈폭력의 비린내 속에 빛나는 숭고한 광채〉《시와 정신》
2013 가을.

김현정 〈울음을 독해하는 두 방식〉《시와 정신》 2014 가을.

이승원 〈석가모니의 생애를 시로 쓴 이승하의 공덕〉《불교문예》
2014 가을.

차성연 〈탁류와 면벽〉《시와 사상》 2016 겨울.

고광식 〈동굴의 두 가지 비극〉《시와 사상》 2018 겨울.

이은봉 〈길 떠나기 혹은 길 찾기〉《시와 깨달음의 형식》 서정시
학, 2018.

이재복 〈고고한 생의 감각〉《문학나무》 2019 가을.

한원균 〈시간에 대한 응시〉《시현실》 2019 가을.

장은석 〈울부짖음의 파동이 일어나는 무늬〉《다층》 2019 겨울

시조문학의 도약을 위하여

권성훈

처음부터 길인 길은 어디에도 없었으리
들길도 산길도 비탈길도 에움길도
수많은 사람의 발걸음이 만드는 것
　　　　　　—〈영취산 가는 길〉 중에서

　문학인은 크게 두 부류의 경향이 있는 듯하다. 작가와 작품이 일치하거나 유사한 부류, 그리고 작가와 작품이 다르거나 반대로 나타나는 부류가 그것이다. 경험적으로 후자의 경우가 대부분을 차지하며, 전자의 경우 몇몇을 꼽을 정도로 드물게 발견된다. 물론 작가와 작품은 개별적인 것이라는 주장은 타당성이 있고, 그것은 작품의 수준을 규정하는 척도는 아니라는 점은 작품론에서 유의미할 수도 있다. 그러나 작가론에서 그것이 너무 동떨어져 있을 때는 윤리적 차원에서 자유롭지 못하고, 심지어는 공격의 대상이 되곤 하는 것이 현실이다. 우리는 오랫동안 학계와 문단에서 그것을 지켜봐 왔는데, 사소한 소음에서 그치기도 하지만 때로는 치명상을 입고 작가의 생명에 영향력을 미치는 것도 보아왔다. 거시적으로 작가의 신념과 사상이 함의된 작품의 미학적 구성과 삶의 미학적 배치가 동일하게 드러난다는 것은 가치 있는 일이 아닐 수 없다. 아마도 이승하가 지금까지 보여준 문학적 궤적과 분리되지 않은 삶의 면면들은 현대문학사에서 바로 우리가 찾던 올곧은 문학정신의 표본이 아닐까 한다. 최소한 작가 정신과 작가의 삶이 합일되는 것에서.

이승하는 1984년 시단에, 1989년에 소설 작단에 등단한 이후 3권의 시집을 낸 시점인 1992년, 월간《현대시학》에 〈산업화 시대의 시인들 – 1970년대의 시〉를 6개월 동안 연재하면서 처음으로 평단에도 뛰어들었다. 시를 쓰면서 평론가의 역할까지 양자를 아우르면서 시단에서 그의 위치는 대학교수까지 겸하면서 더욱 공고해졌고 그의 작품 활동 또한 견고해졌다. 2020년까지 낸 단독저서 가운데 문학평론집의 수는 총 14권이다. 정확하게 2년에 1권씩의 문학평론집을 출간해 왔다. 이 가운데 2016년에《향일성의 시조 시학》을 내고 4년 만에 다시 시조평론집을 냈는데, 이 책이 바로 이번에 유심문학상 평론 부문 작품상을 받게 된《한국 시조문학의 미래를 위하여》(국학자료원, 2020)이다.

처음 시조 평론을 쓴 것이 2000년, 진복희론인 〈향일성의 시학, 혼신의 시조〉였고, 시조 평론을 써 온 것도 20년여 년이 되는바, 평단 중견 평론가에 이름을 올리고 있는 것이다. 그의 저서《향일성의 시조 시학》에 22편의 평론이,《한국 시조문학의 미래를 위하여》에 20편의 평론이 실려 있다. 특히 이번 수상한 평론집에는 〈교과서에 실려야 할 시조 50수〉가 실려 있는데, 절반 이상이 무명에 가까운 시조시인을 조명한 글이어서 이승하의 시조문학에 대한 각별한 애정을 읽을 수 있다. 문학이라는 이름으로 사사로운 이익을 추구하거나, 어느 쪽에도 치우치지 않는 자세로 이승하만의 미래를 내다보는 통찰을 볼 수 있는 대목이다.

지금까지 이승하가 낸 문학평론집 가운데 주목하여 본 것은 《한국 시문학의 빈터를 찾아서》(푸른사상), 《한국 시문학의 빈터를 찾아서 2》(서정시학), 《집 떠난 이들의 노래》(국학자료원), 《욕망의 이데아》(KM) 4권이다. 앞의 두 책은 연구자들이 잘 다루지 않은 작품에 대한 글을 모은 것이라 관심을 갖고 읽었다. 예컨대 연변 조선족 중·고등학교 교과서에 실려 있는 시, 재미동포 시인들이 쓴 시, 《님의 침묵》 밖에서 찾아본 한용운의 시, 백석이 분단 이후에 북한 문예지에 발표한 시, 박경리와 김동리의 시, 신동엽·홍윤숙·장호·문정희의 시극, 허영자·오세영·유자효·구중서의 시조집에 대한 연구는 뭇 연구자가 관심을 별로 갖지 않은 시편에 대한 조명이었다. 《집 떠난 이들의 노래》는 재외동포들의 문학작품에 대한 연구였고 《욕망의 이데아》는 신과 인간에 대한 글, 한국문학의 미래와 표절 시비에 대한 논의를 펼친 책이었다. 그런데 문학평론가 이승하는 수사적인 기법을 통해 문학을 대변하는 변호사적 성격보다는 문학에 대한 사실의 흐름을 옳고 그름의 차원에서 판단하는 검사적인 입장을 취하는 방식을 많이 보여 왔다. 시인이면서 연구자인 그가 기성 평론가보다 더 날카롭게 문학을 비평하고 문단을 예리하게 비판해 온 것은 아이러니한 일이 아닐 수 없다.

단순히 그를 문학평론가로 규정했을 때, 그에게 문학은 분명히 세계의 결여를 보충하는 원천이며 그것을 위하여 지속적으로 생성하고 있는 그의 비평은, 이른바 '문학의 길'을 '진정'하게 내기 위한 '비평적 운동'으로부터 비롯되는 듯하다. 이승하는 학연과 지연(誌緣)이라는 문학적 세계의 균열과 빈틈 사이에서 발생하는 부조리한 것에 대해 말하는 것을 주저하지 않는다. 이 때문에 그의 글쓰기는 자신에게 '득'이 되기보다는 오히려 '실'이 될 때가 많다. 일면으로 이름 없는 시인을 찾아내어 거기에 맞는 시론을 통해 평가하고 조명할 때, 그에게 돌아오는 것은 무엇이 있겠는가. 반면 시단에서 명성을 가진 시인을 향해 '비판의 화살'을 쏠 때, 그는 더 많은 '비난의 화살'을 받고 상혼을 입을 것을 알면서도 두려워하지 않는데, 그것은 '하고 싶은 말'을 하는 것이 아니라 '해야 할 말'을 어느 누구보다도 '먼저 하는 것'에 있는 듯하다.

이러한 그는 비평은 문학의 길을 간 이들의 세계를 탐색하기도 하지만 문학이 가야 할 길을 안내하는 역할을 하는 데에 있어서도 중심부의 무관심 또는 질타 속에서도 묵묵히 자신의 길을 가는 작가다. 이러한 점에서 이승하의 글을 읽을 때는 "문자 언어는 도처에서 역사적이고 문자 언어에 대한 학문적 관심이 언제나 문자 언어의 역사라는 형식을 취했다는 것은 자연스러운 일인 동시에 놀라운 일이다. 하지만 학문적 입장은 문자 언어의 여러 사실을 순수한 기술의 방향을 잡아 줄 것을 또한 요구했다." [1] 는 데리다의 말을 참고할 필요가 있다.

---

1) 자크 데리다, 김성도 역《그로마톨로지》민음사, 223쪽.

그는 문학 세계와 문학적 현상에 대해 "이것이 도대체 무엇이냐?"라고 현실적인 의문을 제기하고 원형적인 문제에 파고들기 때문으로 여겨진다. 이처럼 이승하는 물리적인 논리를 통해 자신만의 세계에 머물지 않고 나름대로의 정의와 규칙으로 지식인으로서 전통과 현대 사이의 문학을 존중하고 사수하기도 하지만, 균열되고 교란된 문학 세계를 당당하게 타파하기도 한다. 또한 누군가 관심을 두지 않는 미발굴된 문학인의 문학작품을 보호하기도 하면서 자신의 문학적 세계관에 정당성을 부여해 왔다. 그는 잘못된 문단의 관행이나 많은 사람이 젖어 있는 문단의 안락과 관습화된 기성 시인의 이른바 '묻지 마 풍요'에 대해 섬뜩한 펜촉을 서슴지 않고 세운다. 그것은 시집의 해설을 쓸 때와 달리 평론을 쓸 때, 그의 거침없는 논쟁은 가속도를 더하면서 날 선 펜촉이 문학과 문단을 향해 서늘한 문장을 쏟아내는 것이다.

그의 문학을 말하자면 '처음부터 없는 길'을 개척하는 것이 아닌 '수많은 사람의 발걸음'이 드러낸 것 중에서 근원적으로 "사라지는 것과 사라지지 않는 것"[2]을 '시간의 순례'를 통해 발견하고 가려내는 것에 가치를 두고 집중하고 있다. 그것은 이번 수상작품인 평론집 《한국 시조문학의 미래를 위하여》의 목차에서도 쉽게 찾아볼 수 있다.

제1부에 '이 땅의 시조 전문 문예지에 바란다' '한국 시조시단의 미래를 밝히는 등불이 되기를' '한국 시조문학의 세계화를 위한 방안' '시조가 지향하는 세계는 활짝 열려야 한다'가 있

---

2) 이승하 《불의 설법》 서정시학, 132쪽.

는데 모두 논쟁적인 글이다. 시조시단이 외화내빈이라고 말했다가는 우선 시조시인들로부터, 그다음으로는 시조 문예지 편집인들부터 배척의 대상이 될 수 있을 텐데, 그는 조금도 두려워하지 않고 하고 싶은 말을 한다. 목적은 오직 하나, 한국 시조문학의 미래를 위한 정문일침인 것이다.

제2부에 실린 '한 시조시인의 역사의식 변화 과정 – 구름재 박병순론' '모진 그 세월에 안으로 영근 사랑 – 이영도론' '역사가 가져다준 아픔을 극복하는 법 – 이근배론' '이우걸의 시조는 어떻게 형성되었는가' '고졸한 연가에서 털털한 사설까지의 스펙트럼 – 한분옥론'은 자신이 중요하게 생각한 시조시인에 대한 본격적인 평론이다.

제3부는 대체로 시조시집의 해설 모음이다. '짧은 말의 긴 울림, 짧은 시의 넓은 뜻 – 이지엽의 《내가 사랑하는 여자》' '발해사가 왜 우리의 역사인가를 물었다 – 권갑하의 《겨울 발해》' '제주도는 더 이상 눈물 흘리는 섬이 아니다 – 김진숙의 《눈물이 참 싱겁다》' '현실과 역사, 사람과 자연, 삶과 꿈의 갈피에서 – 박미자의 《도시를 스캔하다》' '삶이란 헛발질에 아픔 먼저 배우는 일 – 성국희의 《미쳐야 꽃이 핀다》'이다. 시집의 해설이란 장르는 덕담으로 이루어질 수밖에 없지만 그 시인의 중요한 특징을 잘 부각시킨 글 모음이다.

제4부에는 '소설가 손창섭이 생의 말년에 쓴 시조' '일필휘지하니 천의무봉이라! – 이근배 소론' '은일과 격정의 세계 사이에서 – 김정희 소론' '맺힌 피멍을 타인에 대한 사랑으로 승화시키다 – 박연신 소론'이 실려 있다. 4명에 대한 이승하의 애정이 느껴진다.

부록에서는 '조선조 양반가사와 평민가사 비교 연구'와 '유치환의 애절한 연서와 시의 상관관계'를 담고 있다. 앞서 언급한 바 있지만 그는 '교과서에 실려야 할 시조 50수'를 통해 무명 시조시인들의 작품을 재조명하면서 그들에 대한 애정 어린 시선과 현대시조에 대한 깊은 관심을 표출하고 있다.

책머리에서 이승하는 지난해 경주에서 열린 제5회 세계한글작가대회에서 한 말을 상기하고 있다. "만약에 노벨문학상 수상자가 우리나라 사람으로 결정이 된다면 저는 시조시인이 받기를 바랍니다. 우리 시조의 역사로 봐서도 그렇고 시조의 가치로 봐서도 그렇고요."라고 말했을 만큼 우리 시조에 대해 깊은 애정을 갖고 있다. 그러나 시조시단이 당면해 있는 현실은 그렇지 않음을 적시하고 있다. "국내에 번역된 하이쿠 시집 중 10쇄 이상을 찍은 것이 여러 종이다. 모르긴 해도 우리 시조시집 중 일본어로 번역된 것이 있을까? 한국문학번역원에서 낸 60권 번역시집 중 시조시인의 시집은 1권도 없는 것이 시조가 처해 있는 현실"이라는 점을 지적하기도 한다. 또한 그는 "이제는 한국 시조시단의 미래를 위해 그때그때 가장 큰 이슈가 되는 주제를 갖고서 논쟁의 장을 펼쳤으면 한다."면서 시조 평론가로서의 바람을 적고 있다.

그는 〈한국 시조시단의 미래를 밝히는 등불이 되기를〉에서 한국 시조의 미래를 위한 자신의 입장을 분명히 밝히고 있는데, "시집 뒤에 들어가는 해설이나 발문이라면 또 모르지만 한국 시조시단의 발전에 조금이라도 도움이 될 글을 쓰고 싶다. 그러자면 방법을 달리할 수밖에 없다. 그래서 필자는 덕담을 하지 않고 개선점을 지적하는 것으로 글을 쓰기로 했다. 편집자님과 시조시인 여러분, 그리고 독자 제위의 양해를 미리 구한다."고 말한 뒤에 쾌도난마의 평설을 펼친다. 그는 현대시조단이 처한 현실적 문제를 갈파하면서, 3,000여 명에 육박하는 시조시인들이 '질적인 발전'을 꾀할 구체적인 방안을 제시한다.

이승하는 이 글에서 시조시단의 문제점을 지적할 뿐 아니라 그동안의 축적된 연구 성과를 통해 시조시단의 실질적인 성장에 대한 자신의 입장을 세 가지 키워드로 예를 들어가면서 정리하고 있다. '자유시와 분간이 안 가는 시조가 많다' '구태의연한 내용의 시조가 많다' '고색창연한 시조가 많다'고 따끔하게 지적하고 있다. 시조시인들의 자성을 촉구하는 내용이 이런 소제목 아래 자세하게 논의되고 있다. 결론에 가서 아래와 같이 말한다.

자, 이 글의 필자는 어떤 시조시인의 작품을 예로 들면서 왜 좋은지에 대해서는 한마디도 하지 않았다. 그 덕담이 그분께 큰 도움이 되지 않음을 알고 있기 때문이다. 그런데 내가 예로 든 시조를 쓴 시인들은 자존감이 많이 추락했을 것 같다. 기분은 구정물을 뒤집어쓴 것 같을 것이다. 하지만 고통의 시간 뒤에 좋은 시는 태어난다. 누군가가 던져주는 찬사는 시인을 나르시시즘에 빠지게 한다. 그러나 쓴 말은 시인을 새롭게 일으켜 세운다. 그러니 곰곰이 생각을 해보면 좋겠다. 한국 시조시단이 지금 발전을 멈추고 답보상태에 있는 것은 아닐까? 아니, 퇴보하고 있는 것은 아닐까? 시조시인 여러분이 새로운 표현기법과 주제의식에 대한 갈망이 깊어

져 우리 시조의 질적 함량이 높아지기를 바랄 뿐, 다른 마음
은 조금도 없음을, 진정 어린 마음으로 고언을 했음을 헤아
려 주길 바란다.[3]

　말은 아주 따갑지만 사실상 따뜻한 시선을 가진 학자로서
시조시인이라면 누구나 고민해야 할 부분을 짚어 주고, 또 경
계해야 할 부분을 조심스럽게 말해 주기도 한다. 그는 거기에
그치지 않고 〈한국 시조문학의 세계화를 위한 방안〉을 대담하
게 내놓기도 한다. 웅혼한 역사를 가진 고전문학이 현행 교과
서에서는 지리멸렬해져 버린 느낌이 없지 않다. 이승하는 현
행 교과 과정의 모든 교과서에서 현대시조가 실려 있지 않은
것에 대해 학자적 분노를 느끼기도 한다. "고등학교 교과서에
실려 있는 시조가 이것이 전부라니! 그야말로 '맛보기'로 소개
하고 있을 따름이다. 인생무상, 자연예찬, 연군지정, 안빈낙
도, 풍류 같은 주제의 시조는 거의 다 빠졌다. (중략) 현대시조
는 교과서에 아예 없다. 시조부흥운동을 전개한 최남선, 이병
기, 이광수, 이은상, 정인보 등은 물론 제2세대 시조시인이라
고 할 수 있는 이희승, 김상옥, 이은상, 장순하, 이호우, 이영
도, 이태극, 조종현 등의 시조가 실려야 하는데 눈에 불을 켜
고 찾아봐도 안 보인다. 예전부터 정완영의 〈조국〉이 한 편 달
랑 실려 있을 따름이다."라고 교과서 편찬에 관여한 이들을 매
섭게 질타하고 있다. 그는 이렇듯 전통의 계승과 발전과 더불
어 현대시조의 중요성을 역설하면서 현대시와 교과 비중을 맞

3) 위의 책, 38쪽.

추라고 교육정책을 질정하고 있다.[4]

수상자는 시인이라는 점에서 자신의 시집이 한국문학번역원을 통해 해외에 번역되기를 내심 바라고 있지 않을까. 그런데 그는 눈치를 전혀 보지 않는다. 자신에게 득이 될 말을 그는 하지 않는다. 한국문학번역원에서 국책사업의 일환으로 그동안 외국어로 번역된 시집을 낸 시인들의 이름을 전부 나열하면서 "이 가운데 시조시인은 한 명도 없다. 다만 《어부사시사》 《기생시조선》 《시조의 리듬》 《고려 및 조선조 시인 시조선집》이라는 제목으로 번역된 책은 있다. 한국문학번역원에다 시조에 관심을 기울여 달라고 촉구할 수는 없는 것일까? 60명 현대 시인의 시집 내지는 시선집이 외국어로 번역이 되었는데 현대 시조시인의 시조집은 단 한 권도 번역된 바 없다는 것은 한국문학번역원의 직무유기가 아닐까? 아니면 시조시단의 무사안일주의의 소치가 아닐까? 고은의 시집과 신경숙의 소설집이 20권 이상씩 외국어로 번역되어 있는 것과도 대조적이다. 물론 같은 책이 영어, 스웨덴어, 프랑스어, 독일어, 중국어, 일본어 등으로 번역되었기에 20권을 훌쩍 넘었다."는 것에서부터 "대학에서도 시조 교육이 사라졌다. 아마도 2019년에 설립된 경기대학교 한류문화대학원의 '시조장착 전공' 학과가 유일하지 않은가 한다. 원래 대학 국어국문학과의 교과목은 어학, 고전문학, 현대문학으로 구분되는데 고전문학 중에서 시조 전공자가 있어 석사나 박사학위를 받기도 했었다. 하지만 고전문학 중에 시조를 전공한 교수는 대학 강단에 설 수 없

---

4) 위의 책, 43쪽.

으므로(강좌가 없으니 자연히 그렇게 되고 만 것이다) 지금은 고전문학 전공자 중 시조를 연구해서 석·박사 논문을 쓰는 사람이 거의 없다. 이 문제에 대해 시조시단에서 전혀 거론하지 않고 있는 현실이 안타깝다.”고 지적하고 있다. 이런 매서운 비판을 통해 한국 시조문학의 발전과 세계화를 위해 시조시인들이 해야 할 일들을 제안하고 나섰다는 점도 주목할 만한 부분이다. 수상자는 시조 전문 문예지 편집인 전부를 향해 시조인으로서 자아 성찰과 문학에의 반성을 촉구하기도 한다.

짧고 소모적인 글을 쓰게끔 시조 전문 문예지가 청탁을 하니 평론가들은 자기가 하고 싶은 ‘쓴소리’를 할 겨를도 없고, 주제비평을 할 공간의 확보도 불가능하다.

문학평론가가 해야 할 말을 그가 ‘비로소’ 하고 있는 것이다.

수많은 시조 전문 문예지의 문제점이 바로 이것이다. 오늘날 우리 시조시단의 문제점을 진단하고 바람직한 처방전을 마련하려는 노력을 ‘구체적으로’ 하고 있는 시조 문예지가 ‘전무’하다는 것이다. 이러니 시조가 양적 확대는 이룩했을지언정 질적 심화를 꾀하지 못하고 있는 것이다.

지금 이 땅의 시조 문예지 편집자들은 시조시인들에게 지면을 주는 역할을 하고 신인을 발굴하는 것도 중요하지만 좋은 특집을 마련하는 일, 좋은 평론을 청탁하는 일에 주력해 주기 바란다. 그래야지만 한국의 시조문학은 양적인 팽창을 넘어 질적인 발전을 꾀할 수 있을 것이다.

이런 도발적인 말을 시조 문예지 편집자들에게 스스럼없이 한다는 사실은, 관계자들의 직무유기를 추궁하는 것이 아니라 시조의 미래를 위해 진정으로 호소하는 것임을 상기해야 한다.

지금까지 이승하는 14권의 문학평론집을 내는 과정에서 상을 두 차례 받았다. 공교롭게도 2016년에 낸 시조평론집 《향일성의 시조 시학》으로 인산시조평론상을 받았고 올해 낸 시조평론집 《한국 시조문학의 미래를 위하여》로 유심작품상을 받는 것이니 시조평론집으로만 2회 상을 받는 것이다. 필자는 그 이유가, 인산시조평론상을 받을 때 발표한 수상소감 안에 들어 있다고 여겨져, 인터넷에서 그것을 찾아내어 이 자리에 인용해본다.

한 10년 전부터 현대시조를 열심히 읽고 시조문학의 발전을 위해 제 나름대로 글을 써보기 시작했습니다. 한국시조시학회 창립 때부터 가입하여 학술대회 때 논문을 발표한 것도 몇 차례 됩니다. 시조를 연구하면 할수록 일본의 하이쿠와 비교되면서 자존심이 많이 상했습니다. 우리가 왜 우리 것을 무시하는지, 이해가 되지 않았습니다. 초중고 교과 과정에서 고시조가 거의 보이지 않게 된 것도 안타까운 일이고, 현대시조를 평단이나 시단에서 무시하는 경향도 못마땅한 일입니다. 오늘날 자유시는 지나치게 난해해지고 산문화·장형화되고 있습니다. 대안으로서 시조의 간결성과 함축성이 주목

받아야 합니다. 시조의 전통이 계승되어야 하는 것인지 극복되어야 하는 것인지 앞으로 연구해야 할 부분입니다. 단형시조를 고집하는 것이 옳은지, 형식실험을 계속해야 하는 것이 옳은지 고민스럽습니다. 사설시조와 엇시조가 바람직한 방향으로 가고 있는지도 살펴보아야 할 것입니다.

그때의 수상소감을 보면 왜 이승하가 시조 평론을 줄기차게 써 왔는지, 답이 나와 있다. 지금 이 땅에서 창작되고 있는 시조가 과거로의 회귀나 답보상태가 되면 안 되고, 질적 향상을 반드시 이룩해 일본의 하이쿠처럼 전 세계에서 주목받는 시가 형식이 되기를 바라는 일념을 감지할 수 있다. 시조에 대한 사랑이 없이는 쓸 수 없는 글을 그는 쓰고 있는 것이다.

이승하는 〈별〉이라는 시에서 "영원히 빛나는 별은 없지만/ 별이 지향하는 것은 영원이 아닌가/ 영원히 사는 사람은 없지만/ 우리가 지향하는 것은 별빛이 아닌가" 하고 읊조린 바 있다. 이 시를 그의 시조론에 대입하면 전통의 계승과 발전을 위한 시조시인들의 반성과 성찰, 그리고 바람직한 연대야말로 시대의 뒤안길로 흘러가 버릴 수 있는 시조를 얼마든지 빛나게 할 수 있다고 깨우쳐 주는 것이다. 문학평론가로서 이승하는 숨어 있는 좋은 시인을 찾아내어 '비평적 세공'을 통해 영원히 빛나는 언어를 구사한 작가로 남기를 바란다.

이런 마음이 또한 그의 글을 빛나게 하고 있다. 시를 쓰는 한편 문학평론가로서 28년 동안 꾸준히 자기 길을 걸어오면서 펴낸 14권의 단독저서 문학평론집 중에 《한국 시조문학의 미래를 위하여》가 유심작품상을 받는 이유는, 한국 시조시단이 이승하에게 거는 기대를 반영하고 있기 때문일 것이다. 여기서 연구를 위한 강단비평과 주례사비평이 횡행하는 시조시단에서 문학평론가 이승하가 보여준 날카로운 평설을 보면 길을 만들어가는 자의 외로움이 보인다. 하지만 그가 만든 길은 올바른 이정표가 되기 때문에 의로운 길이 될 것으로 믿는다. 이제 이승하가 안내하는 '비평의 길' 위에서 살펴본 '현대시조문학사'의 미래가 '적극적 주체'인 시조시인들에게 달려 있음을 간과할 수 없다.

권성훈_poemksh@naver.com
시인·문학평론가.　2013년《작가세계》평론 신인상 당선. 시집《밤은 밤을 열면서》외 2권과 저서《시치료의 이론과 실제》《폭력적 타자와 분열하는 주체들》《정신분석 시인의 얼굴》《현대시 미학 산책》《현대시조의 도그마 너머》등과 편저《이렇게 읽었다 – 설악무산 조오현 한글 선시》등이 있다. 현재 경기대 국문과 교수.

오탁번

오탁번 / 1943년 충북 제천 출생. 고려대 영문과와 대학원 국문과 졸업(문학박사), 고려대 국어교육과 교수로 재직. 현재 고려대 명예교수. 1966년 〈동아일보〉(동화), 1967년 〈중앙일보〉(시), 1969년 〈대한일보〉(소설) 신춘문예로 등단. 창작집으로 《처형의 땅》《새와 십자가》 등 다수, 시집으로 《아침의 예언》《우리 동네》《알요강》 등 다수가 있다. 한국문학작가상, 정지용문학상, 고산문학상, 목월문학상, 공초문학상 등 수상. 대한민국예술원 회원. ohtakbon@hanmail.net

이 시대의 말씀을 깨치는 주장자(拄杖子)

일찍이 선각 만해는 3·1독립운동 한 해 전인 1918년 나라 찾기의 정신을 불교사상에 담아내는 《유심》을 창간하였다. 그로부터 아흔 해 되던 해 그 법맥을 잇는 무산 조오현이 나서서 시 전문지로 《유심》을 복간하고 이어 '유심작품상'을 제정하여 올해 열여덟 번째를 맞았다.

시, 시조, 평론 3개 부문에서 오랜 탁마와 더불어 지난 한 해 우뚝한 작품을 들어 올린 세 분과 함께 문단의 원로로서 현역보다 더 창작의 빛기둥을 세운 분에게는 특별상을 바치는 전통을 세워왔다.

올해 수상자로 모시는 오탁번은 어릴 때부터 글쓰기의 소년 장사로 이름을 높였거니와 1960년대 말미에 동화, 시, 소설로 기염을 내뿜더니 강단에서 후학 양성과 함께 시 전문지 《시안》을 발간하여 이 시대 시문학사의 큰 경작지를 개척하였다. 그리고 지난해에는 《오탁번 소설》(전 6권)을 상재하더니 올해는 시집 《달요강》을 펴내어 또 한 번 이 땅의 시하(詩河)에 파도의 산을 일으키고 있다.

요즘 새로운 시인들이 알아듣기 어려운 낱말들로 쓰는 것을 시로 잘못 길들여지고 있음에 여기 노년 장사 오탁번은 "바람 불고 비 오고/ 까마득하게 세월이 흐르면/ 지저깨비가 되는/ 항하사(恒河沙) 같은/ 산색(山色)/ 그 발치에나 묻힐/ ! 같은 지팡이 하나"(시 〈지팡이에서〉)로 우리가 못다 깨친 화두, 혹은 주장자로 시의 머리를 내리친다. '유심특별상' 참 예사롭지가 않구나.

심사위원 / 오세영 · 이근배(글)

깊은 나무와 작은 돛배

만해의 《님의 침묵》에는 알 수 없는 이미지들이 참으로 많다. 아무리 분석을 해봐도 그의 신비스러운 비유는 좀체 그 참모습을 드러내지 않는다. 바로 여기에 만해시의 신비로운 열쇠가 숨어있다고 나는 생각한다. 특히 시 〈알 수 없어요〉에 나오는 다음의 구절이 이런 특징을 잘 보여준다고 할 수 있다.

꽃도 없는 깊은 나무에 푸른 이끼를 거쳐서 옛 탑 위의 고요한 하늘을 스치는 알 수 없는 향기는 누구의 입김입니까

20년도 더 전 《시와시학》에서 개최한 백담사 여름 시인학교에 참가했을 때였다. 그때 무산 조오현 스님을 처음 만났다. 하루 일과가 끝난 어느 날 스님을 모시고 내 또래 시인 몇이 함께 곡차를 마시다가 잠깐 소피를 보러 밖으로 나왔을 때였다. 바로 지척에 있는 산에는 소나무와 전나무들이 울창했다. 그때 솔개 한 마리가 숲에서 날아오르는 게 보였다. 그 모습을 본 순간 만해의 시 〈알 수 없어요〉에 나오는 '꽃도 없는 깊은 나무'라는 말이 퍼뜩 떠올랐다. '심심산천'이나 '깊은 산골'이라는 말에서 알 수 있듯 거리라는 말에는 종종 수평과 수직의 뜻이 서로 상응하는 경우가 있다. 그렇다고 '깊은 나무'라는 말을 먼 거리에 숨어 있는 나무라고 쉽게 해석해버리면 시적 긴장

이 하나도 없는 맥 빠진 비유가 된다. '깊은 밤중'이라는 말도 있으니, 자정을 넘긴 어두운 밤중, 보이지 않는 고목을 가리키는 말이라고 해석해버리면 그것은 시를 설명하는 것은 될지언정 시의 생명인 직관의 찰나적 대응을 간과하는 밍밍한 짓이 된다. 솔개의 눈! 위에서 내려다보니까, 높은 나무가 아니고 깊은 나무가 되는 순간적인 시적 변용이 일어난 것이다.

홍사성 주간이 수상 소식을 전해왔을 때 나는 솔직히 말해 좀 어리둥절 민망했었다. 그는 이어서 '특별상'이라는 말을 덧붙였다. 그러면 그렇지, 뒤늦게 무슨 작품상을 생뚱맞게 주겠나. 특별상은 특별한 상 또는 특별히 주는 상의 의미도 있겠으나 번외(番外)나 가외(加外)의 의미도 있을 터이다. 등단 반세기가 넘은, 늙은, 낡은 시인이니까 그냥 나이대접을 하는 거겠지. 이런 생각이 들자 마음이 한결 가벼워졌다.

그날 오후 바로 이메일이 왔는데 보도용 사진을 보내달라고 했다. 나는 사진을 보내면서, 《유심》이 종간된 처지니까 그냥 상패나 하나 주고 박수나 치는 상이겠지, 하는 생각이 들다가도 상금도 있느냐고 넌지시 물었다. 스스로 생각해도 참 채신 없는 짓이라서 내 입방정을 뉘우치고 있는데 바로 답신이 왔다. 제법 많이 준다고 했다. 어뜨무러차! 상금이 너무 무거워서 팔이 저렸다.

홍 주간은 그 특유의 어조로, 저희가 드리는 상이 아니라 돌아가신 무산 스님께서 주는 상이라고 말했다. 그의 말을 듣자 나는 그만 정신이 아득해졌다. 아아. 스님이 나에게 상을 내리셨다고? 극락의 초원에서 소 머슴 하다가 문득 버릇없는 이 못난이가 생각나신 것일까.

여기서 잠깐. 스님을 스케치한 시 한 편을 꺼내보기로 한다. 어느 해 하안거 결제 때 백담사에서 스님을 뵌 적이 있다. 나의 시 〈순간〉은 스스로 생각하건대 스님을 찍은 사진 중에서 제일 초점이 잘 맞았지 싶다. 백담사 극락보전 섬돌 위에 놓인 스님의 흰 고무신! 뇌성벽력 치는 하늘로 노 저어가는 작은 돛배가 눈에 삼삼하다.

음력 4월 15일
하안거 결제날 아침
백담사 극락보전 부처님께
삼배 올리는 스님을
멀찌가니 뒤에서 바라보다가
한 순간
눈시울이 뜨거워졌다

섬돌 위에
스님이 벗어놓은
흰 고무신 한 켤레가
뇌성벽력 치는 하늘로
노 저어가는
작은 돛배처럼 보였다

삼배 올릴 때
무슨 생각했느냐는
나의 물음에

－아무 생각 안 했어
스님은 덤덤히 웃었다
은하수 물녘까지
한 순간에 다녀온 듯
가사 자락이 서늘했다

아주 감사한 마음으로 유심작품상 특별상을 받는다. 올여름 만해마을에서 열리는 시상식에 참가하면 나야 별말을 안 하고 그냥 잠잠하고 호젓하게 뒷전에 물러나 있겠지만, 나의 깊은 마음에서 발신하는 그리움의 메시지는 저승까지 전해져서 그걸 본 무산 스님께서 빙그레 웃으실 것 같다.

저승으로 발걸음을 옮기신 지가 하도 오래되는 만해 선사께서는 이제 귀도 눈도 어두워져서 내가 보내는 메시지를 하나도 들도 보도 못하지만, 매서운 눈초리를 하고 한 말씀 하실 것 같다. 이 바보야. 시는 언어가 아니고 침묵이야.

오탁번

깐깐오월 등 5편

댓돌 위 코고무신
개잠 자는 삽살개

어른들 발소리 듣고
쑥쑥 자라는
벼이삭

뛰는 메뚜기 위에
나는 잠자리

구구단 외우다가
또 까먹는 탁번이
너, 혼난다!

— 《문학 에스프리》 2020년 봄호

눈뜬장님

1974년 봄 갓 서른에
수도여사대 국문과 전임이 되어
먼빛으로 처음 본
무용과 교수 한영숙(韓英淑) 선생(1920~1989)!
무형문화재 승무의 예능보유자였던 한 선생은
나를 본체만체했다
좀 가녀린 몸매에
목화씨 같은 눈빛에는
내가 들어설 자리 아예 없고
오직 춤만 보였을 것이다

염불장단에 맞춰
꼼꼼한 팔놀림과 발디딤으로
장삼을 휘날리며
전삼후삼(前三後三) 대삼소삼(大三小三)
연풍대(筵風擡) 춤사위 따라
삼진삼퇴(三進三退) 되풀이하며
바람으로 폭풍으로 점점 빨라지다가
몰아치는 태풍의 눈에서
이윽고 합장하는 승무만이 보였을 것이다

자진타령으로 휘몰아치며
연꽃처럼 피어나는 승무는 정작 안 보고
지훈의 〈승무〉만 읽으면 다 되는 줄 알았던
나는 그때 눈뜬장님이었다
매란국죽(梅蘭菊竹)의 고즈넉한 숨결로
낙낙하게 솟구치는
한 선생의 승무를 끝내 못 본 나는
저승의 하늘 가
사무치는 춤사위 앞에 재배(再拜)한다

— 월간《춤》2020년 1월호

독후감

간밤에 잠이 안 와
〈불씨〉(1975)와 〈맘마와 지지〉(1976)를 읽었다
소설 독후감은 이렇다
— 무지 좋다!
누구 소설이냐고?
오탁번 소설!
젊은 날의 제 작품을 읽으면
얼굴이 모닥불 되는 게 마땅할 터!
문장도 구성도 엉망진창
의도도 주제도 갈팡질팡
읽다가 집어던진다는데
그런데 나는?

50년 전으로 돌아가
1970년대 나에게 팬레터 쓰고 싶다
볼 뽀뽀 해주고 싶다
아 나는 비정상의 극치다
내년 봄
동백아파트 가까이 세브란스가 문을 열면
신경정신과에 가서 뇌신경 MRI 꼭 찍어봐야겠다
그리고도 내 입에서

— 무지 좋다!
이런 독후감이 또 나오면 어쩌나
어쩌긴 뭘 어째?
정신병동에 입원해야지 뭐!

—《문학 에스프리》2020년 봄호

벼랑

동창 문상 가는 날은
살아 있는 동창들
얼굴 보러 가는 날
죽은 사람 이야기는
짧게 나누고
산 사람 이야기는
길게 나눈다

생애의 굽이마다
아찔한 클라이맥스와
뜻밖의 해피엔딩은 다 있다
구붓구붓한 어깨 흔들며
병하고 동무하는 이야기에
국밥이 식는 줄도 모른다

― 송년회 때 꼭 만나자!
장례식장을 나오며 말은 하지만
연말이 되기 전에
너나 내가
문상을 받을지도 모르는데!
다들

생애의 벼랑에 서서

하나 마나 한!

—《죽순》 2020년 여름호

똥딴지

'맹호는 굶주려도 풀을 먹지 않나니'
지훈이 작사한 고려대 응원가 일절이다
학생 때는 이 노래 목 터져라 불렀다
그런데 문득 생각해보니
엥? 이상하다
호랑이는 육식동물인데 웬 풀?
순 엉터리 비유다!
큰 발견을 한 나는 우쭐해져서
동물학 전공 교수에게 희떱게 말했다
내 말을 들은 그는 대뜸 딴지를 건다
— 인도 호랑이는 잡식이라 풀도 먹는다네

사람들 열에 예닐곱은
고려대와 연세대의 정기전을
'연고전'이라고 부른다
엥? 말도 안 된다
턱수염을 쓰다듬으며 내가 말했다
— 가나다순 몰라? '고연전'이라고 해야지!
내 말을 들은 사람들이 꼭 말싸움을 건다
—그럼 한일회담도 일한회담이라고?

'그날의 분화구 여기에 돌을 세운다'
고려대 캠퍼스 4.18 기념탑에 새겨진 말이다
1979년 가을 휴교령에 몰매 맞은 학생들은
개학이 되어도 데모할 엄두를 못 냈다 저항의 성지였던 캠퍼
스는 정적만 감돌았다
학생 데모를 막으려는 시늉을 하면서도
교수들 속은 근질근질했다
앗! 기념탑 때문이다
분화구를 돌로 막았으니
정의의 불꽃이 솟구치지 못하는 것이다
4.18 기념탑 비문을 다시 써야 한다!
'그날의 분화구 그 옆에 돌을 세운다'
이래야 딱 맞다!

하뿔싸!
내 말을 비웃기라도 하듯
며칠 뒤에 대대적인 데모가 터져서
드디어 유신독재를 끝장냈다
오오, 똥딴지가 된 나의 수사법이여
— 《문학청춘》 2020년 여름호

백두산 천지 등 7편

1

하늘과 땅 사이가 너무 가까워 장백소나무 종비나무 자작
나무 우거진 원시림 헤치고 백두산 천지에 오르는 순례의 한
나절에 내 발길 내딛을 자리는 아예 없다 사스레나무도 바람
에 넘어져 흰 살결이 시리고 자잘한 산꽃들이 하늘 가까이 기
어가다 가까스로 뿌리내린다 속손톱만 한 하양 물매화 나비날
개인 듯 바람결에 날아가는 노랑 애기금매화 새색시의 연지빛
곤지처럼 수줍게 피어 있는 두메자운이 나의 눈망울 따라 야
린 볼 붉히며 눈썹 날린다 무리를 지어 하늘 위로 고사리 손길
흔드는 산미나리아재비 구름국화 산매발톱도 이제 더 가까이
갈 수 없는 백두산 산마루를 나 홀로 이마에 받들면서 드센 바
람 속으로 죄지은 듯 숨죽이며 발걸음 옮긴다

2

솟구쳐 오른 백두산 멧부리들이 온뉘 동안 감싸 안은 드넓
은 천지가 눈앞에 나타나는 눈깜빡할 사이 그 자리에서 나는
그냥 숨이 막힌다 하늘로 날아오르려는 백두산 그리메가 하늘
보다 더 푸른 천지에 넉넉한 깃을 드리우고 메꽃은 우레소리

지나간 여름 한나절 아득한 옛 하늘이 내려와 머문 천지 앞에서 내 작은 몸뚱이는 한꺼번에 자취도 없다 내 어린 볼기에 푸른 손자국 남겨 첫 울음 울게 한 어머니의 어머니 쑥냄새 마늘냄새 삼베적삼 서늘한 손길로 손님이 든 내 뜨거운 이마 짚어주던 할머니의 할머니가 백두산 천지 앞에 무릎 꿇은 나를 하늘눈 뜨고 바라본다 백두산 멧부리가 누리의 첫 새벽 할아버지의 흰 나룻처럼 어렵고 두렵다

3

하늘과 땅 사이는 애초부터 없었다는 듯 천지가 그대로 하늘이 되고 구름결이 되어 백두산 산허리마다 까마득하게 푸른 하늘 구름바다 거느린다 화산암 돌가루가 하늘 아래로 자꾸만 부스러져 내리는 백두산 천지의 낭떠러지 위에서 나도 자잘한 꽃잎이 되어 아스라한 하늘 속으로 흩어져 날아간다 아기집에서 갓 태어난 아기처럼 혼자 울지도 젖을 빨지도 못한다 온갖 람 즈믄 뫼 비롯하는 백두산 그 하늘에 올라 마침내 바로 서지도 못하고 젖배 곯아 젖니도 제때 나지 못할 내 운명이 새삼 두려워 백두산 흰 멧부리 우러르며 얼음빛 푸른 천지 앞에 숨결도 잊은 채 무릎 꿇는다

솔잎

추석 송편 솥에 넣을 솔잎을 따려고
땅거미가 질 때 발소리 죽이고
뒷산에 올라가는 할머니의 얼굴은
손자놈 콧물보다 더 진한 생애의 때
잿빛의 머리칼은 한 줌도 안 되지만
소나무의 아픔은 옛 짐작만으로도 다 안다
해 넘어가고 첫잠 든 소나무가
은하수 멀리까지 단꿈을 꿀 때
살며시 솔잎을 따야 아프지 않고
솥에 들어가도 뜨거운지 모른다
말없이 솔잎이 숨 거둘 때마다
젊은 날의 사랑처럼 송편이 익는다
소나무의 슬픔과 솔잎의 아픔을
헤아리며 발소리 죽이는 할머니는
그 옛날 단군 할아버지의 예쁜 애인
노루피 조금 마시고도 시샘만 하여
큰 꿈 이루는 단군 할아버지 애태우다가
이제는 활활 타는 마음도 식은 재 되어
수숫대처럼 가벼운 사랑만 남아서
당신의 옛날 애인 제사상에 올릴
손가락 자국 선명한 그리움을 빚는다

가만가만 발소리 죽이며 솔잎이나 따는
다 저문 가을 들녘 홀로 바람에 흔들리는
수숫대 같은 서러움의 눈빛에는
푸르고 성성한 까칠까칠한 솔잎이
할아버지 한창나이 때의 수염과도 같고
골이 나서 일어서던 비밀의 가장자리
서로 맞부비며 엉키던 그것과도 같아

벙어리장갑

여름내 어깨순 집어준 목화에서
마디마디 목화꽃이 피어나면
달콤한 목화다래 몰래 따서 먹다가
어머니한테 나는 늘 혼났다
그럴 때면 누나가 눈을 흘겼다
ㅡ 겨울에 손 꽁꽁 얼어도 좋으니?
서리 내리는 가을이 성큼 오면
다래가 터지며 목화송이가 열리고
목화송이 따다가 씨아에 넣어 앗으면
하얀 목화솜이 소복소복 쌓인다
솜 활끈 튕기면 피어나는 솜으로
고치를 빚어 물레로 실을 잣는다
뱅그르르 도는 물렛살을 만지려다가
어머니한테 나는 늘 혼났다
그럴 때면 누나가 눈을 흘겼다
ㅡ 손 다쳐서 아야 해도 좋으니?
까치설날 아침에 잣눈이 내리면
우스꽝스런 눈사람 만들어 세우고
까치설빔 다 적시며 눈싸움한다
동무들은 시린 손을 호호 불지만
내 손은 눈곱만큼도 안 시리다

누나가 뜨개질한 벙어리장갑에서
어머니의 꾸중과 누나의 눈흘김이
하얀 목화송이로 여태 피어나고
실 잣는 물레도 이냥 돌아가니까

연애

자가운전하는 예쁜 여자가
내가 달리는 차선으로
얌체같이 끼어들기하고는
차창 밖으로 흔드는 하얀 손을 보면
무 베어먹듯 그냥 한 입 물고 싶다
눈 마주치면 눈흘레나 하고 싶다
뒤에서 들이받을 생각 아예 말고
살가운 접촉사고나 내고 싶다
― 지금쯤 고향의 억새밭 물녘에서는
　무지개도 뛰어넘을 만한 힘센 황소가
　널비에 황금빛 털이 간지럽겠다

밤길에 잽싸게 끼어들기하고는
점멸등 깜박이며 달아나는 차를 보면
반딧불이가 반딧반딧 짝을 찾는 것 같다
나도 한 마리 반딧불이가 되어
하늬바람에 공중제비하고 싶다
홰친홰친하는 낚싯대 펴고
동동거리는 형광찌 불빛 따라
얄미운 붕어 한 마리 잡고 싶다
― 지금쯤 고향 집 지붕에는

하양 박꽃이 환하게 피어
은하수까지 다 물들이겠다

명사산

명사산 아득한 모래바람 속에서
긴 잠을 주무시는
혜초 스님을 월아천으로 모셔다가
서울에서 가져온
마늘종 고추장 깻잎 안주 삼아서
곡차 몇 잔 마신다

스님의 잠동무 아주 잘해 온
사막의 계집들도 불러내어
꼭두서니빛 꽃을 피우는
낙타초 가에 앉혀두고
스님한테 옛 사직의 흥망을 아뢴다

즈믄 해 동안 잠동무하면서
스님한테 살가운 간지럼 많이나 태운
양젖 냄새 나는 위구르 계집과
말젖 냄새 나는 흉노 계집이
정말 갸륵해
월아천 옥빛 물로 옥가락지 만들어
모래울음 보채는 손가락 손가락에
하나씩 끼워준다

백담사

선정에 든 스님 손바닥에
쉬파리 한 마리가
앞다리 싹싹 비비며 쉬슬고 있다
동자승이 파리채 들고 꼬나볼 때
아서 아서
부처님이 금빛 손가락 치켜든다
그 사이 항하사만 한 시간이 흘러가서
은하수 물녘에 물결이 좀 인다
목숨 건진 쉬파리가
천축 너머 서방정토까지
파리똥 한번 싸지 않고
광속보다 빠른 속도로 날아갔다가
이내 되돌아와서
스님의 손바닥에 내려앉는다
백담계곡 물소리에 놀라
비오비오 솔개가 운다

액막이연

내내 썰매 타고 눈싸움만 하느라
색동 설빔은 그만 얼룩이 다 졌지만
정월 대보름 아침이 밝아오면
부럼을 깨물고 더위도 팔고
고드름 따먹으며 고샅길을 내달린다
저녁이 되어 보름달이 둥실 떠올라
온 동네는 백야처럼 환해지고
돌담 가 달집에 불을 놓으면
달집에 쌓인 생솔가지가 불타며
냄비 속 쥐이빨 옥수수 튀는 소리를 낸다

달빛이 눈처럼 희디희어
올여름 장마 걱정하면서
방패연에 이름과 생일 또박또박 적는다
허릿대 대오리도 팽팽한 방패연에
하늘길 노자 할 동전 한 닢과
누에고치를 매달아 불을 붙이고
얼레의 연줄 죄다 풀어서
액막이 액막이 외치며 연을 날린다

액막이연은

제 목숨 다하는 줄도 모르고
창과 방패 쥐고 출전하는 무사처럼
달빛 넘치는 하늘로 높이 날아오른다
불에 타는 고치가 마지막 잉걸처럼
공중에서 아스라이 깜박일 때
연줄이 툭 끊어지며
방패연은 되똥되똥 내 액운을 싣고
까마득한 하늘길로 떠나버린다

액막이연 하늘 높이 날아갔으니
구구단 받아쓰기 죄다 백 점 맞고
키도 쑥쑥 자라서
올해는 보릿고개 잘 넘어가면 좋겠다
불장난 많이 한 대보름 밤
잠이 들면
잣눈이 내린 고샅길을 지나
키 쓰고 소금 얻으러 가는 꿈을 꾼다

순은이 빛나는 이 아침에

눈을 밟으면 귀가 맑게 트인다.
나뭇가지마다 순은의 손끝으로 빛나는
눈 내린 숲길에 멈추어 선
겨울 아침의 행인들.

원시림이 매몰될 때 땅이 꺼지는 소리,
천년 동안 땅에 묻혀
딴딴한 석탄으로 변모하는 소리,
캄캄한 시간 바깥에 숨어 있다가
발굴되어 건강한 탄부의 손으로
화차에 던져지는,
원시림 아아 원시림
그 아득한 세계의 운반 소리.

이층 방 스토브 안에서 꽃불 일구며 타던
딴딴하고 강경한 석탄의 발언.
연통을 빠져나간 뜨거운 기운은
겨울 저녁의
무변한 세계 끝으로 불리어 가

은빛 날개의 작은 새,
작디작은 새가 되어
나뭇가지 위에 내려앉아
해 뜰 무렵에 눈을 뜬다.
눈을 뜬다.
순백의 알에서 나온 새가 그 첫 번째 눈을 뜨듯.

구두끈을 매는 시간만큼 잠시
멈추어 선다.
행인들의 귀는 점점 맑아지고
지난밤에 들리던 소리에
생각이 미쳐
앞자리에 앉은 계장 이름도
버스·스톱도 급행번호도
잊어버릴 때, 잊어버릴 때,
분배된 해를 순금의 씨앗처럼 주둥이 주둥이에 물고
일제히 날아오르는 새들의 날갯짓.
지난밤에 들리던 석탄의 변성 소리와
아침의 숲의 관련 속에

비로소 눈을 뜬 새들이 날아오르는
조용한 동작 가운데
행인들은 저마다 불씨를 분다.

행인들의 순수는 눈 내린 숲속으로 빨려가고
숲의 순수는 행인에게로 오는
이전의 순간,
다 잊어버릴 때, 다만 기다려질 때,
아득한 세계가 운반되는
은빛 새들의 무수한 비상 가운데
겨울 아침으로 밝아가는 불씨를 분다.

— 〈중앙일보〉 신춘문예(1967.1)

자술연보

- **1943년** 충북 제천시 백운면 출생.

  백운초. 원주중. 원주고.

  고려대 영문과. 대학원 국문과(문학박사).

- **1966년** 〈동아일보〉(동화), 1967년 〈중앙일보〉(시), 1969년 〈대한일보〉(소설) 신춘문예로 등단.

- **1971년** 육사 교수부 국어과 교관. 육군 중위.

- **1973년** 육사 교수부 전강. 육군 대위. 첫 시집 《아침의 예언》 (조광).

- **1974년** 수도여사대 전강. 첫 창작집 《처형의 땅》(일지사).

- **1976년** 수도여사대 조교수. 논문집 《현대문학산고》(고려대 출판부).

- **1977년** 창작집 《내가 만난 여신》(물결).

- **1978년** 고려대 국교과 조교수. 창작집 《새와 십자가》(고려 원).

- 1981년 고려대 부교수. 창작집《절망과 기교》(예성).

- 1983년 고려대 교수. 하버드대 한국학연구소 방문학자.

- 1985년 제2시집《너무 많은 가운데 하나》(청하). 창작집《저
  녁연기》(정음사).

- 1987년 한국문학작가상. 소년소설《달맞이꽃 피는 마을》(정
  음사). 창작집《혼례》(고려원).

- 1988년 논문집《한국현대시사의 대위적 구조》(고려대 민연).
  창작집《겨울의 꿈은 날 줄 모른다》(문학사상).

- 1990년 평론집《현대시의 이해》(청하).

- 1991년 제3시집《생각나지 않는 꿈》(미학사). 산문집《시인과
  개똥참외》(작가정신).

- 1992년 문학선《순은의 아침》(나남).

- 1994년 제4시집《겨울강》(세계사). 동서문학상.

- 1997년 정지용문학상.

- 1998년 계간시지《시안》창간. 평론집(개정판)《현대시의 이

해》(나남). 산문집 《오탁번 시화》(나남).

• 1999년 제5시집 《1미터의 사랑》(시와시학사).

• 2002년 제6시집 《벙어리장갑》(문학사상사).

• 2003년 《오탁번시전집》(태학사). 오세영·김현자 외 《오탁번 시읽기 ― 시적 상상력과 언어》(태학사). 한국시인협회상.

• 2004년 충북 제천시 백운면 애련로 855. 원서문학관 개설.

• 2006년 제7시집 《손님》(황금알).

• 2008년 (사)한국시인협회장. 산문집 《헛똑똑이의 시 읽기》(고려대 출판부). 고려대학교 교수 정년퇴임.

• 2009년 활판 시선집 《사랑하고 싶은 날》(시월). 공저, 국보사랑시집 《불멸이여 순결한 가슴이여》(홍영사).

• 2010년 제8시집 《우리 동네》(시안). 김삿갓문학상. 은관문화훈장.

• 2011년 고산문학상.

• 2012년 육필시선집 《밥 냄새》(지만지).

• 2013년 시선집《눈 내리는 마을》(시인생각).

• 2015년 산문집《병아리시인》(다산북스).

• 2018년 오탁번 소설《굴뚝과 천장》(태학사).《맘마와 지지》
(태학사).《아버지와 치악산》(태학사).《달맞이꽃》(태학사).
《혼례》(태학사).《포유도》(태학사).

• 2019년 제10시집《알요강》(현대시학). 목월문학상.

• 2020년 산문집《두루마리》(태학사). 공초문학상. 대한민국예
술원 회원.

연구서지

'연구서지'는 한 줄 한 줄 가지런하게 필자, 글 제목, 게재지, 연도 등을 정리하여 일목요연하게 볼 수 있도록 작성하는 게 보통인데, 이번에는 그런 형식을 벗어나서 서술체로 풀어볼까 한다.

2003년은 내가 갑년을 맞이한 해였다. 《오탁번시전집》(태학사, 2003)과 《오탁번 시 읽기 – 시적 상상력과 언어》(태학사, 2003)라는 두 권의 책을 출간하고 출판기념회를 했는데 이야기 보따리를 여기서부터 풀어보겠다.

시전집은 그동안 세상에 내놓았던 《아침의 예언》(조광, 1973), 《너무 많은 가운데 하나》(청하, 1985), 《생각나지 않는 꿈》(미학사, 1991), 《겨울강》(세계사, 1994), 《1미터의 사랑》(시와시학사, 1999), 《벙어리장갑》(문학사상사, 2002) 등 모두 여섯 권의 시집을 차례대로 묶은 것이다. 뒤엣것은 서울대 오세영 교수와 이화여대 김현자 교수를 비롯한 37명의 필자들이 나의 시 세계를 해석한 글을 묶어 만든 656쪽에 이르는 방대한 책이다. 내 시 작품에 대한 평론과 해설 그리고 대담 기사까지 죄다 수록하다 보니 책이 두꺼워졌다.

《시적 상상력과 언어》는 맨 앞에 〈책머리에〉라는 제목으로, 이남호, 고형진, 이광호 교수가 쓴 간행사가 있다. 간행사의 한 부분과 목차는 다음과 같다.

● 간행사(부분)
이 책은 총 4부로 나누어 기획되었으며, 1부에서는 그에 대한

종합적인 시인론을 담았다. 2부에서는 그가 지금까지 펴낸 시집들에 대한 해석과 평론을 모았고, 3부에서는 주제와 기법별로 그의 시를 세부적으로 살펴본 글들을 실었으며, 4부에서는 그의 삶과 인간적인 면모를 살핀 문우들의 글과, 그의 문학관을 엿볼 수 있는 대담, 그리고 그의 시론이 분명히 담겨있는 저서에 대한 글을 함께 수록하였다. 귀한 원고를 써주시고, 재수록을 허락해 주신 여러 선생님들께 깊이 감사드린다.

이희중 〈좋은 시에 대한 편애〉
고형진·오탁번 〈동심의 시 이야기〉
이숭원·오탁번 〈눈물로 빚어진 순수 서정〉
김미정·강미영 〈추억의 집〉

책을 내고 나서 서울 교육문화회관에서 출판기념회를 열었다. 행사장에 입장하면서 회비를 내고 행사가 끝나고 나갈 때면 받았던 책을 쓰레기통에 버리는 그따위 '회갑기념논총' 같은 책은 내지 않는다고 작정한 나는, 책도 2도 인쇄 고급으로 제작하였다. 누가 보아도 그럴싸한, 손이 가는 책을 만들게 했다. 회비는 받지 않았다. 그래서인지 그날 쓰레기통에서 발견된 책은 하나도 없었다.

평균수명이 늘어나서 70, 80세를 넘기는 것이 보통인데 갑년이 뭐 그리 대단하다고 그런 법석을 떨었는지 모르겠다. 지금 생각하면 괜한 짓을 했다는 부끄러움이 앞선다. 그날 참석한 사람들도 다들 속으로 코웃음을 쳤을 것 같다.

사람이 일생을 살면서 괜한 짓을 하게 되는 경우도 가끔 있는가 보았다. 과욕, 실수. 판단 착오. 꼴값 떠는 자존감. 내 인생은 내가 단칼로 벨 수 있다는 착각. 괜한 짓은 이런 것들의 총집합으로 생겨나는 것이다.

나는 그때 갑년을 맞으면서 이제 내 인생 다 살았다는 생각을 하고 있었다. 정년이 아직 5년이나 남은 상태였지만 정년을 다 채울 마음도 없어서 명예퇴직을 하리라 마음먹었다. 어릴 때 젖도 밥도 못 먹고 자란 내가 그동안 시인과 소설가로 대학교수로 갑년이 될 때까지 잘 살았으니, 이만하면 됐다 싶었다.

출판기념회를 성대하게 마치고 나는 명예퇴직원을 학교 당국에 제출하였다. 며칠 후 교무처에서 연락이 오기를 나의 퇴직을 받아들일 수 없다고 했다. 연봉만 높은 늙은 교수가 빠져나가면 앓던 이 빠진 것처럼 속 시원하다 할 줄 알았는데 뜻밖이었다. 그러나 나는 고집을 부렸다. 그러던 어느 날 대학본부에서 교무담당 부총장이 연구실로 찾아왔다. 정년까지 학교에 남아달라는 총장의 뜻을 전달하러 온 것이었다. 학과의 후배 교수들도 적극적으로 다 말렸다. 그들의 뜻은 겉으로가 아니라 진심으로였다. 그래서 나의 명예퇴직의 꿈은 아깝게도, 아니, 다행스럽게도 성사되지 못했다. 이렇게 갈팡질팡하는 나의 정서와 인생 행로에 대한 왜곡의 탐색 과정은 앞으로 딱 한 권의 소설로 아주 희극적으로 재구성할 때가 올지도 모르겠다.

여차여차하여 2008년 8월 31일 만 65세로 정년퇴임을 하게 되었다. 이때 나는 또 괜한 짓을 했다. 《현대시학》에 1년 동안 연재했던 산문을 묶어서 《헛똑똑이의 시 읽기》(고려대 출판부, 2008)라는 책을 내고, 고려대 교우회관 귀빈식당에서 출판기념회를 연 것이다.

그때 나는 아주 묘한 책 하나를 함께 냈다. 5백 부 한정판으로 낸 비매품 《입품 방아품》(원서헌, 2008)이라는 책을 참석자들에게 함께 증정하였다. 638쪽에 이르는 두꺼운 책인데 문학적 자서전 같기도 하고 인생 고백록 같기도 하다. 소년 시절부터의 이야기와 동화, 시, 소설에 이르는 나의 습작 시절과 그 후에 이어지는 작품 활동의 궤적을 하나하나 담아냈다. 마치 생애를 마감하는 사람이 서랍 정리하는 것 같기도 하고 잡동사니를 한데 모아 불사르는 자포자기의 비장함도 숨어 있었다. 지금 내 수중에는 다섯 권이 남아 있다.

총 16장으로 된 이 책의 제9장 '글과 사람'에는 김영태, 한용환, 문정희의 소묘와 이시영의 시 한 편 그리고 실크로드 여행하고 돌아와 오세영과 내가 주고받은 화답시가 실려 있다. 여기 실린 글 하나를 이참에 불러내기로 한다. 바로 이시영의 〈오탁번의 시〉라는 시인데 2006년 현대시학 3월호에 발표된 작품이다. 내 시를 꿰뚫어보는 평론이나 해설보다도 더 나를 사무치게 한 귀한 작품이다. 이 시를 비매품 책 속에 숨겨두고 독자들에게 소개를 안 하면 나는 벌 받는다. 이 시에 나오는 나의 시 세 편은〈블랙홀〉〈장모님〉〈죽음에 관하여〉이다.

방학리 사는 초등학교 동창 김종명이네 집에 놀러갔다가 안방에서 나오는 머리 하얀 노친네를 보고 그의 어머닌 줄 알고 깜빡 큰절을 올릴 뻔했다고 한 오탁번의 시는 일품이었다. 아니, 거실에서 자정 너머까지 티브이를 보다 안방에 들어가 보니 이런! 뜻밖에도 몇 해 전에 돌아가신 장모님이 침대 위에서 안경을 끼고 책을 읽고 계시더라는 그의 시는 더욱 일품이었다. 아니, 병원에서 어느 정도 생사의 고비를 넘기고 나서 예쁜 간호사가 링거 주사 놔준다고 팔뚝을 만지자 자기도 몰래 그것이 불뚝 솟더라는, 그래서 다시 남자가 된 듯 면도를 깨끗이 하고 환자복 바지 하나 새로 달라는 말을 그만 "바다 하나 주세요" 했다는 그의 시는 더더욱 일품이었다.

2003년 시전집을 낸 후에 나는 2020년 지금까지 17년 동안

네 권의 시집을 더 냈다. 《손님》(황금알, 2006), 《우리 동네》(시안, 2010), 《시집 보내다》(문학수첩, 2014), 《알요강》(현대시학, 2019)이 그것이다. 이미 낸 시전집과 합해서 새로운 《오탁번 시전집》을 또 낸다? 이들 시집에 수록된 작품들에 관한 평론과 해설 그리고 단평들이 많이, 혹은 더러 있지만 아직 정리가 덜 돼 있는 상태다. 모르긴 해도 분량이 책 한 권은 되지 않을까 싶다. 새로운 《오탁번 시 읽기 2 ─ 시적 상상력과 언어》를 또 낸다? 출판기념회도 열어서 괜한 짓을 또 한다?

　아서라, 아서. 나잇값을 해야 나이대접을 받는다. 그런데 나는 요즘, 내 나이 까먹기 밥 먹듯 하니, 이 일을 어찌할꼬.

오탁번론

자기 응시의 순정하고 오연한 형식

오태환

　선생은 1966년 〈동아일보〉에 동화 〈철이와 아버지〉가, 1967년 〈중앙일보〉에 시 〈순은(純銀)이 빛나는 이 아침에〉가, 1969년 〈대한일보〉에 단편 〈처형(處刑)의 땅〉이 당선되면서 등단한다. 이후 반세기 나마 걸쳐 이어온 문학적 행보가 동화와 시와 소설 세 장르로 물꼬를 튼다. 1987년 소년소설의 형식으로 간행된 《달맞이꽃 피는 마을》(정음사) 이후 동화를 냈다거나 동화집을 상재했다는 이야기는 들어 본 적이 없다. 그러니까 선생의 생애는 대부분 시와 소설에 투신해 온 셈이다.

　연보를 보면, 선생은 1969년 《현대문학》에 단편 〈선〉을 게재한 것을 필두로, 《월간문학》 《문학사상》 《월간중앙》 《한국문학》 《세대》 등 각 문예지에 작지 않은 부피의 소설을 발표한다. 1960년대에 2편, 1970년대에 〈굴뚝과 천장〉 등 35편, 1980년대에 〈사금〉 등 20편, 그리고 1993년에는 〈섬〉 1편을 발표한다. 국가부도 직전까지 치달았던 IMF 사태로 사회 전반이 한창 뒤숭숭했던 1998년, 선생이 시 전문 계간지 《시안》을 창간하기까지 모두 58편의 중·단편을 선뵌 것을 알 수 있다. 그 뒤로 2000년 《문학사상》에 〈1억 년 전의 새 발자국〉을, 2007년 《현대문학》에 〈포유도〉를, 2010년 같은 잡지에 〈반품〉을 게재한다.

　여기에서 확인할 수 있는 것이, 선생의 소설은 20대와 30대에 집중적으로 생산되고 있다는 사실이다. 그때까지 57편이 발표되고, 만 40이 되던 해에 1편 그 뒤 현재까지 3편이 보일 뿐이다. 젊은 시절 절대량의 시간이 소설 쓰기에 소비되고 있으며, 그 시간은 40대를 전후해서 눈에 띄게 격감하고 있다. 그리고 그것은 지금까지 대부분 시에 바쳐지고 있다. 선생은 만 55세에 시 전문지 《시안》을 창간한다. 그리고 1991년 《생각나지 않는 꿈》(미학사)부터 2019년 《알요강》(현대시학사)에 이르기까지 8권의 시집을 출간한다. 28년 동안 시집이 3~4년 주기로 활발하게 간행된 데 비해 소설집은 한 권도 나오지 않는다. 선생은 1974년 《처형의 땅》(일지사)부터 1988년 《겨울의 꿈은 날 줄 모른다》(문학사상사)까지, 14년 동안 2년에 한 권꼴로 7권의 소설집을 간행한 바 있다.

　선생의 문학적 등고선은 연령대에 따라 시와 소설의 창작 흐름이 분명하면서, 가파른 표고 차를 드러낸다. 이를 중년이 되면서 소설에 대한 관심이 줄어들고, 시에 대한 관심이 갑자기 커졌기 때문으로 이해한다면 너무 소박하고 기계적인 판단이다. 선생이 간혹 하셨던 '소설은 노동'이라는 말씀은 해답의 실마리를 제공한다. 이 말씀을 직입해서 풀이하면, '나이 듦에 따라 소설 쓰기가 힘에 부쳐서 시 쓰기로 옮겼다'라는 절박하면서 명쾌한 결론을 얻을 수 있다. 앞에서 말한 시와 소설에 대한 관심의 농도 차나 변화는 이유가 될 수 없다. 그것은 심리적인 데에 있지 않고 육체적인 데에 있다.

선생의 '소설은 노동'이라는 명제는 소설에서 시 쓰기로 옮겨 탄 까닭이라는 설명보다는 선생의 문학을 바라보는 자세를 반영하는 지점에서 더 큰 의미를 지닌다. 일반적으로 소설이 시에 견주어 훨씬 많은 글자 수로 구성되므로 노동으로 인식했다고 이해하는 방식은 단견이다. 소설을 쓰는 이에게 글자 수는 당위적으로 이겨내야 할 숙명이지, 마치 병역 기피를 획책하듯이 힘에 겨워 회피를 고민하게 만드는 노동이 아니기 때문이다. 시와 소설의 세례를 동시에 받은 선생에게 소설의 문장 하나하나는 시 쓰기에 못지않은 공력과 시간이 소모되었던 듯하다. 시의 문장은 의미를 실어 나르는 도구적 성격 이상의 뜻을 품는다. 명사나 동사 따위는 말할 것도 없고, 조사나 어미의 선택 하나하나가 의미의 디테일한 명암을 좌우할 뿐 아니라, 정서와 감각을 미세조절하면서 미학적 효과를 예인한다. 선생의 소설 속 문장의 통사구조는 서사를 전달하는 역할에 복무하는 것 이상의, 시의 언어가 노리는 미학적 효과까지 기대하는 듯하다. 선생이 소설을 쓰면서 노동이라는 낱말을 떠올리고, 힘에 부치는 고통을 느끼는 모습은 이런 시각에서 일정 부분 필연적이라 할 법하다.

이는 언어의 세공(細工)과 심미성을 지향하는 선생의 문학관을 지시한다. 이러한 문학관은 응당 천품과 관련되며, 거기에 육체를 입힌 것은 선생이 청년기에 사숙(私淑)한 지용이다. 지용의 시를 통해 한국시에서는 처음으로 현대적 징후를 탐험할 수 있다. 그의 언어적 전략이 언어의 해방과 언어의 발견을 도모한다면, 그의 언어적 전술은 언어의 섬세한 공정(工程)에 의존한다. 지용이 문학 외적인 이유로 한국문학사의 미아로 잊혀 있을 때, 선생은 본격적 연구를 통해 그를 문학사의 양달로 인도한다. 선생의 석사논문 〈지용시 연구〉는 1976년 간행된 논문집 《현대문학산고》(고려대 출판부)에 실려 있다. 이는 정치와 이념이 문학을 재단하고 압박하는 부조리한 시대에, 지용을 학술논문으로 접근한 최초의 사례다. 박사논문 〈한국현대시사의 대위적 구조〉는 지용을 한국 시사의 주요 변수로 자리매김하면서 그 의미를 추적한다. 지용과의 만남은 선생의 문학을 정의하는 데 논리적 전제로 기능한다. 선생의 술회(〈비백(飛白)에 대하여〉)에도 당신의 문학적 스승으로 미당 이외에 지용을 꼽은 바 있다.

선생의 오랜 친구인 박의상 시인은 선생의 문학을 이야기할 때, 소설은 시처럼 쓰고 시는 소설처럼 쓴다고 잘라 말한 적이 있다. 소설에서는 시의 섬세한 분위기가 풍기고, 시에서는 소설적 캐릭터와 플롯이 간취된다는 뜻이겠다. 선생도 "나는 소설을 시 쓰듯 했던 것이다" "소설과 시의 차이는 거의 차이가 없는 정도의 차이뿐이라고 생각한다. 나는 어떤 때 시적 상상력에서 출발하여 쓰고 나면 소설이 되고 어떤 것은 그 반대도 된다"(이상 〈시와 소설은 동심원〉)고 고백한다.

따지고 보면 시와 소설의 구별은 근대에 와서 이루어진다. 과거에는 소설을 서사시로 일컬었으며 시의 한 장르로 이해했다. 삶과 세계의 의미 있는 긴장을 문자로 전달한다는 점에서 시와 소설은 내포와 외연을 공유할 수 있다. 문학적 창작의 수법은 시든 소설이든 고정될 수 없다는 말이 틀리지 않는다면, 시적인 소설, 소설적인 시는 현실적으로 얼마든지 가능하다.

> 머리칼에 달라붙는 가랑비를 한 손으로
> 뜯어내면서 탁번이는 여자의 젖가슴 속으로
> 다른 한 손을 쑥 넣었다
> 감자꽃 내음이 났다
> 한여름 담뱃잎 내음도 났다
> 헛간에서 썩고 건조실에 매달려 죽을 날을 생각하며
> 탁번이는 드디어 울었다
> 가랑비처럼 그렇게 그렇게 울었다
>
> — 오탁번 〈가랑비〉 전문

선생의 두 번째 시집 《너무 많은 가운데 하나》(청하)에 실려 있는 〈가랑비〉라는 작품이다. 앞의 3행은 선생의 소설 〈세우(細雨)〉의 마지막 문장을 거의 그대로 인용한다. 소설은 "나는 얼굴에 달라붙는 가랑비를 뜯어내면서 다른 한 손을 여자의 젖가슴 속으로 쑥 넣었다"로 끝을 맺는다. "얼굴"이 "머리칼"로 "나는"이 "탁번이는"으로 바뀌고 있다. 그리고 뒤의 5행은 시로 옮겨 적으면서 추가된 내용이다.

이 시의 미학적 특징은 우선 "뜯어내면서"에서 찾을 수 있다. 화자는 자신의 "머리칼"을 적시는 가랑비를 손으로 털어내거나 훔쳐내는 동작을 '뜯어내다'라는 어휘를 이용해서 형용한다. '뜯어내다'는 '기왓장을 뜯어내다'처럼 전체에서 부분부분

떼어내는 행위를 표현하거나, '대자보를 뜯어내다'처럼 접착된 것을 통째로 떼어내는 행위를 표현한다. 가랑비 같은 미세한 물의 입자를 떼어낼 때 쓰는 낱말이 아니라는 점에서 은유라 할 수 있다. 이러한 은유적 수법은 통상적인 소설의 기교보다 시의 기교에 가깝다. 소설의 비유는 대개 대상의 외형에 최대한 가까이 묘사하려는 박진감을 위해 봉사하나, 시의 비유는 그 이외의 모든 언어적 효과를 위해 동원된다. 따라서 원관념과 보조관념 사이의 거리는 일반적으로 소설에서보다 시에서 훨씬 멀 수 있다.

"뜯어내면서"의 과감한 사용은 시와 소설의 통상적 기법 차를 아예 무시하거나 뛰어넘으려는 선생의 문학관을 반영한다. "뜯어내면서"라는 은유는 '털어내면서'나 '훔쳐내면서' 같은 직설화법에 비해 외려 현장감은 떨어진다. 현장감의 희생을 불구하고 "뜯어내면서"를 선택한 것은 다른 효과를 노리기 위해서다. 이 은유는 가랑비의 수분입자를 손으로 뜯어낼 수 있는, 즉 거미줄이나 그에 근사한 물상으로 바꿔 표현하면서 이루어진다.

"머리칼"에 자꾸만 거미줄처럼 간지럽고 끈적끈적하고 집요하게 달라붙는 가랑비는 캐릭터의 답답하고 불편한 심리와 절망적인 정황을 적극적으로 환기한다. 소설 속 화자는 사관학교 교관 신분이다. 모든 일과가 하나같이 매끄럽게 풀리는 법이 없는 어느 날, 화자는 숙모의 부고를 받는다. 소설은 자신을 어머니처럼 키워주었고, 6·25 전란 중에는 그의 식구를 위해 헌신했던 숙모의 부고를 담당 병사의 어처구니없는 실수로 뒤늦게 받은 화자가, 장례의 끝물이라도 참석하려 교통편

이 지난한 장례지까지 부랴부랴 찾아가는 여정을 담는다. 그가 천신만고 끝에 얻어 탄 시골 트럭은 결국 목적지를 지나쳐 "갈 곳도 까닭도 없는" 가랑비가 날리는 어둠 속으로 하염없이 내달린다. 여기에서 소설의 "얼굴"을 "머리칼"로 굳이 고쳐 쓴 이유는 추적하기 쉽지 않다. 단순히 거미줄처럼 달라붙은 가랑비의 피부감각을 통해 화자의 심리와 정황을 대신하려 한다면, "머리칼"보다는 "얼굴"이 더 생생하고 섬세한 효과를 볼 수 있지 싶다.

화자가 "여자의 젖가슴 속으로 다른 한 손을 쑥 넣"는 장면은 소설의 서사적 핵심이다. 징하게 운이 없는 화자가 벽지인 장례지까지 분투하며 향하는 불편하고 절망적인 에피소드에서 그쳤다면, 소설은 읽는 눈맛을 적잖이 잃을 수밖에 없다. 화자는 시외버스부터 동석했던 모르는 여자와, 지역 경찰의 배려로 간신히 얻어 탄 트럭 짐칸에 우연히 동승한다. 그는 숙모에 대한 쓸쓸한 애도와, 그녀의 장례에 참석조차 못 한 채 알 수 없는 어둠 속으로 내달리는 처지의 절망감이 교차한다. 거미줄처럼 달라붙는 가랑비를 맞으며, 정복을 한 그는 불현듯 낯선 여자의 젖가슴에 "쑥" 손을 집어넣는다. 이 단 하나의 문장은 소설 전체에 팽팽한 미학적 장력을 선사한다. 죽음에 대한 인식과 성애적 풍경을 교직하는 장면은 여러 문학작품(예술작품)에서 자주 나타나는 화소(話素)다. 그럼에도 불구하고 진부하지 않은 것은 그 둘이 삶과 세계를 구성하는 원형적 요소인 동시에, 삶과 세계를 가늠하는 근원적 수단이라는 점 때문이다.

에로티즘과 죽음의식을 자웅동체와 같은 것으로 보는 시각은 낯설지 않다. 조르주 바타이유(Georges Bataille)도 《에로티즘(Erotism)》의 서문에서 에로티즘을 죽음까지 파고드는 삶이라 정의한다. 죽음은 금기의 본질적인 이유이고, 에로티즘은 금기 위반의 적나라한 주체라는 점에서 둘은 다른 의미층위에 놓인 것처럼 보인다. 그러나 금기의 아슬아슬한 긴장을 사이에 두고 양 끝을 차지한, 죽음의 물질화 과정인 부패와 에로티즘의 내적 경험인 오르가즘은 혼돈과 어둠의 극지(極地)를 형성한다는 점에서 닮아 있다. 에로티즘의 외적 경험인 생명의 탄생은 모성의 죽음을 전제로 한다. 생명은 그 죽음과 부패를 잔인하리만큼 체계적이고 잔인하리만큼 이성적으로 갈취하며 연장된다. 이 둘은 서로 배타적인 위상을 지니는 듯이 보이지만, 더 큰 시야로 보면 서로 대체 불가능한 입장에 있다는 점 때문에 한 공간의 질서 안에 포섭될 수 있다.

— 오태환 〈삽의 에로티즘과 죽음연습〉

화자가 여자의 젖가슴에 손을 집어넣는 행위의 안팎이 지니는 의미를 핍진감 있게 요약하는 것이 부사어 "쑥"이다. 그저 범상한 일상적 화법에 불과할 "쑥"의 선택은 이 지점에서 빛을 발한다. 첫소리 'ㅆ'은 마찰음 'ㅅ'의 된 발음이고, 가운뎃소리 'ㅜ'는 묵직한 음성모음이다. 끝소리 'ㄱ'은 혀뿌리로 여린입천장을 급하게 닫으면서 내는 폐쇄파열음이다. 거세고 무겁게 미끄러지면서 시작했다가, 서랍을 닫듯 갑자기 끝을 맺는 단음의 소리맵시는 화자의 동작이 어떠한 고려나 망설임 없이,

자신도 모르는 결에 급작스럽게 행해졌음을 뜻한다. 자신은 물론이고 타자인 여자에게도 마찬가지다. 주변의 모든 시간이 완전히 정지해 버린 듯하다. 가랑비가 흩날리는 어둠 속에서 미지의 공간으로 질주하는 그 상황은, 마치 오래전에 말라버린 우물 속의 어둠을 무심히 들여다보았을 때 들렸음 직한 이상한 공명음을 떠올린다. 그들은 자신들이 직접 참여한 상황을 수천만 광년 떨어진 우주의 한구석에서 벌어진 에피소드를 우연히 구경하듯이 스쳐 지나갈 뿐이다. 행동의 이유나 목적, 행동의 결과가 일으킬지 모를 윤리적·사회적 문제 따위는 그저 거추장스럽기만 하다. 그러므로 소설의 서사가 "쑥"이라는 낱말이 그러한 것처럼, 그 순간에 서랍을 닫듯 갑자기 종료되는 것도 필연적일 수밖에 없다.

시의 나머지 5행은 부연(敷衍) 이상의 뜻을 지니지 않는다. 소설과 달리 사건의 정보와 에피소드의 배후를 나열하여 제공하기 어려운 문제 때문에 덧댄 듯하다. 숙모의 죽음과 숙모에 대한 애도는 "헛간에서 썩고 건조실에 매달려 죽"는 화자의 환상과 그러한 자신의 운명을 예감하는 비애로 치환된다. 특히 "감자꽃 내음"과 "한여름 담뱃잎 내음"은 화자의 행위에 부수된 여자의 정체성을 지시한 것이라면 사족으로 읽힐 여지가 있다.

이 작품에서 눈여겨볼 대목은 소설에서 1인칭 '나'로 등장하는 화자가 3인칭 '탁번이'로 바뀌는 부분이다. 선생은 소설에서는 1인칭 '나 – 김 대위'로 분장한 데 반해, 시에서는 3인칭 '탁번이'로 분장을 완전히 걷어낸 채 등장한다. 시인이 1인칭 화자라는 탈을 벗어던지고, 문면에 실명을 밝힌 채 날것 그대로 등장하는 광경은 따로 본 적이 없는 것 같다. 이 소설이 실린 소설집 《저녁연기》(정음사)와 이 시가 실린 시집 《너무 많은 가운데 하나》(청하)는 공히 1985년에 발간된다. 그 무렵까지 소설에 더 많은 시간과 노력을 할애했던 선생은 시 〈가랑비〉에서 실명 화자로 등장한다. 이는 의도 여부와 무관하게 '시인 오탁번'을 다시 세상에 선언하는 형식이 된다. 더불어 시와 소설을 섭렵하면서, 언제든지 시를 소설로 쓸 수 있고 소설을 시로 쓸 수 있다는, 또는 자신의 소설 한 구절은 시 한 편으로 다시 태어날 만큼 언어의 웅숭깊은 밀도를 품는다는 자존의 오연한 표지일 수도 있다.

해가 지는 것도 모른 채 들에서 뛰어놀다가, 터무니없이 기다랗게 쓰러져 있는 나의 그림자에 놀라 고개를 들면 보이던 어머니의 손짓 같은 연기, 마을의 높지 않은 굴뚝에서 피어올라 하늘로 멀리멀리 올라가지 않고 대추나무 살구나무 높이까지만 퍼져오르다가는 저녁때도 모르는 나를 찾아 사방으로 흩어지면서 논두럭 밭두럭을 넘어와서, 어머니의 근심을 전해주던 바로 그 저녁연기였다
— 오탁번 〈저녁연기〉 전문

모두 하나의 문장으로 짜인 이 시는 소설 〈저녁연기〉의 한 장면을 그대로 옮겨 놓는다. 차이가 있다면, 쉼표의 위치가 "퍼져오르다가는" 뒤에서 "넘어와서" 뒤로 옮겨진다는 점이다.

소설은 군청 공무원인 화자가 형의 갑작스러운 호출을 받고 고향인 평장골로 향하는 지점에서 출발한다. 고향을 굳게 지

키며 마을 이장과 농협 이사를 떠맡은 형은 선대의 문헌집 제작과 아버지 묘비 건립을 의론하려 들지만, 정작 화자는 그러한 모습에 불편함과 적의를 느낄 따름이다. 그의 관심은 온통 고향 가는 길에 만난 어린 시절 소꿉친구 현주와 고향 마을 초입에서 바라본 저녁연기에 쏠려 있다.

　소설은 사라져가는 것들, 사라질 수밖에 없는 것들에 대한 향수로 채워진다. 도시 생활에 지치고 망가진 현주는 아무도 알려 하지 않는 이유로, 어쩌면 매춘을 결심했기 때문에 고향에서 사라지려 한다. 저녁연기는 새마을운동에 따른, 땔나무 걱정 없는 연탄아궁이의 보급으로 마을에서 영영 사라질 수밖에 없는 처지에 있다. 화자에게 이 둘은 의도했든 그렇지 않든 애초에 있던 자리로부터 소외되고 있다는 점에서 매한가지다. "너도 그래.", 현주가 화자에게 집으로 돌아가며 마지막으로 던진 말이다. 화자는 고향의 유지이면서 가문의 수호자임을 자처하는 형에게 미묘한 반감을 느끼고 있다. 양반 끄트머리였던 가문을 다시 일으키는 사업도, 가문의 충직한 일원으로 형에게 복속되는 것도 그에게는 마뜩지 않다. 이로부터 도피를 꿈꾸는 화자 역시 현주나 저녁연기와 진배없다. 화자 역시 사라져가는 것들, 사라질 수밖에 없는 것들의 일부였던 것이다. 그러나 현주도 버젓이 알고 있는 이 사실을 화자는 인정하지 않는다. 그래서 "너도 그래."를 듣는 순간마저 그는 사춘기 때의 유치한 자신으로 돌아가는 상상에 빠질 뿐이다. 일종의 시치미떼기 수법이다.

　화자가 사라져가는 것들, 사라질 수밖에 없는 것들에서 느끼는 그리움은 "평화로운 허기증"에서 발원한다. 소설의 "평화로운 허기증"은 많은 부분 현주와 겪는 에피소드와 관련된다. 그것의 실체는, 의식 이전의 차원이겠지만 태아기 때 자궁 속 모래집물[羊水]의 기억으로부터 시작된다. 그것은 유아기 때 어머니 젖가슴의 따뜻하고 부드러운 감촉으로 이어진다. 거기에서 허기를 느끼는 까닭은 다시 그때로 돌아갈 수 없다는 무의식적 자각에서 비롯한다. 화자는 중1 때 마을 뒷산에서 곤충채집을 하다가 현주와 조우한다. 자꾸만 가슴께로 시선을 보내는 화자를 의식한 현주는 "내 젖 만져보고 싶어서 그러지?" 하며, 그의 손을 자신의 젖가슴까지 끌어당긴다. 이 장면은 단순히 화자가 겪는 사춘기 무렵의 아득한 성적 긴장과 흥분의 화소로만 소용되지 않는다. "단감만 한" 그녀의 젖가슴을 만지는 그의 의식 이면에는 어머니의 모래집물과 젖가슴을 그리워하는 "평화로운 허기증"이 도사린다. 그러므로 화자가 저녁연기와 현주를 사라져가거나 사라질 수밖에 없는 이유로 동일시하는 것은 어디까지나 의식 표층의 문제다. 그가 의식하든지 그렇지 않든지, 그녀는 자신의 "평화로운 허기증"을 위로한다는 점에서 저녁연기와 더 많이 닮아 있다. 이는 매우 짧고 우연스러운 만남임에도 불구하고 화자가 현주에 집착하는 가장 큰 이유로 작용한다.

시의 저녁연기는 소설과 마찬가지로 "평화로운 허기증"을 배면에 깔고 있다. 소설에서는 그것이 현주와 얽힌 에피소드로 채워진 데 비해, 시에서는 어머니와 관련된 기억으로 형상화된다. 시의 내용은 끼니때가 되어 저녁까지 놀고 있는 화자를 부르는 어머니와, 마을을 낮게 감싸며 도는 저녁연기를 비유 관계 속에 묘사한다. 두 모습이 거의 동시에 보일 수 있다는 점에서 어느 쪽이 원관념이든, 어느 쪽이 보조관념이든 문제가 될 듯하지 않다. 시에서는 어머니가 보조관념으로 저녁 연기가 원관념으로 적시되어 있다. 그런데 다 읽은 후 고개를 돌리고 나면 정말 그런가, 다시 톺아 읽게 되곤 하는 이상한 경험을 하게 된다. 그러고 보면, 원관념과 보조관념이 모호해서 구별이 잘 안 될 때, 시의 의도가 오히려 제대로 살지 싶은 터무니없는 생각이 들기도 한다.

시에서 눈에 띄는 낱말이 "근심"이다. 끼니때에 맞춰 쌀을 안치고 땔나무를 때어 저녁을 지은 어머니가, 시간 가는 줄 모르고 놀고 있는 아이를 부를 때의 보통 심리에는 약간 엇나가 있는 듯싶다. '근심'은 '일이 해결이 안 되어 마음을 졸이거나 우울해함'의 뜻이고, 유사어인 '걱정'은 '일이 혹시 잘못될까 속을 태우거나 우울해함'의 뜻이다. 끼니때 아이를 부르는 어머니의 일반적 심리라면, 아이가 배고플지도 모른다는 조바심에 가까울 것이다. 그렇다면 시의 형편에 맞는 어머니의 심리는 '근심'보다는 '걱정'이 적절할 듯하다. 어쩌면 무시해도 좋을 미세한 차이겠지만, 그럼에도 불구하고 선생이 "근심"을 선택한 것은 낱말 자체의 매력 때문일지 모른다. 소리맵시의 흡인력, 나는 '근심'에서 삶은 달걀의 흰자위처럼 밝고 부드러우면서 은근히 알심이 굳은 어떤 이미지를 떠올린다. 여기에 뜻을 입혀 생각하면 사전적 의미 이상의 절실함이 배어나는 것 같다. 나 혼자만의 생뚱맞은 상상이다. 이유를 명확히 간추릴 수는 없지만, "근심"의 선택은 자칫 평면적인 풍경으로 그칠 이 작품에 여운을 주면서, 시 전체가 지니는 의미의 폭을 확장하는 효과를 볼 수 있다.

선생의 최근 시집은 지난해 10번째로 발간된《알요강》(현대시학사)이다. 약력을 유심히 본 이들은 알아차리겠지만, 생몰연대 부분이 "(1943년~?)"로 적혀 있다. 살아 있는 사람이라면 빈칸으로 처리해야 할 부분을 떡하니 '?'가 차지하고 있다. 생몰연대의 '?'은 죽은 시기가 불명확하거나, 죽었는지 살았는지 확정할 수 없을 때 붙이는 수단이다. 70대 후반의 선생이, 뒷짐 지고 잔뜩 점잔을 뺄 연배에, 더구나 당신의 목숨을 기화로 대놓고 장난을 치신 셈이다. 시집의 〈시인의 말〉 "─오탁번 새 시집《알요강》이 나온대. ─아직 안 죽었나? ─죽긴, 요즘도 매일 소주 한 병씩 깐대. ─정말?"도 그와 매한가지다. 초등학생의 개구진 장난 같은 모습이 치기 어리게 비치지 않는 것은, 서리 내릴 녘 무맛같이 슴슴하면서 깊은 여유를 지닌 선생의 문학적 의취(意趣) 때문이다.

풍물시장 좌판에 놓인
작은 놋요강 하나가
흐린 눈을 사로잡는다
명아주 지팡이 짚은
할아버지는
그놈을 닁큼 산다
기저귀만 떼면
손자를 도맡아 키워준다고
흰소리 하도 했으니
미리 알요강 하나 마련한다

내년 이맘때나 손자가

기저귀를 떼겠지만

문갑 위에 모셔놓은

배꼽뚜껑도 예쁜

알요강에서는

벌써 향긋한 지린내가 난다

손자 오줌 누는 소리도

아주 잘 들리는

동지섣달

긴긴밤

— 오탁번 〈알요강〉 전문

손자에 대한 살갑고 애틋한 마음씨가 깨끗하고 오롯하게 담긴 작품이다. 이런 시를 미주알고주알 따지면서 읽는 건 성가시기만 할뿐더러 예의도 아니다. 기름보일러 훨씬 이전, 구들방 냉기 서린 윗목에 놓인 요강을 향해 무릎걸음으로 다가가, 엉거주춤 무릎 꿇고 오줌을 눠 본 세대라면 알 것이다. 더구나 한밤중이라면 찌르르릉! 찌르르릉! 오줌 소리는 더 맑고 더 선명하고 더 크게 방안을 울렸다. 시에서는 기저귀를 갓 뗀 어린 아이가 작고 반질반질 빛나는 놋요강에 오줌 누는 소리다. 청아한 소리가 솜털 보송보송 난 귓불을 냉큼 깨물고 싶을 만큼 예쁠 법하다.

선생의 이즈막 시들은 한결같이 힘을 쏙 빼고 있어서, 애초에 힘이란 게 있었는지조차 모르겠다. 애써 뭘 선언하거나, 애써 뭘 정립하거나, 애써 심오한 척, 뭘 포장하려는 속내가 아에 잡히지 않는다. 세간에 번다한 무슨 이론이니 유행이니 하는 것들이 무색하다. 차라리 문학이라 정의하는 것들 자체가 무의미해 보이기도 한다. 힘이 빠졌다고 해서 정서와 감각의 장력이 느슨해지거나 언어의 모서리가 닳지도 않았다. 노자가 말했다는 대교약졸(大巧若拙)의 함의와 또 다르다. 약졸(若拙)하지 않다는 뜻이다.

선생에 관한 '시인론'을 청탁받고 궁리한 것이 소설과의 교점을 탐색하는 수법이었다. 고교 때부터 내 습작은 누구에게도 보여준 적이 없었다. 대학 때 처음 만난 선생은 데뷔 전 내 습작을 보고 격려를 해 주신 유일한 분이었다. 선생과의 삿된 이야기는 이미 여기저기 써서 중복될 게 뻔했다. 시의 의미나 기법, 언어의 특징에 대한 접근도 그렇고 그래서, 흔한 세평에서 그다지 벗어날 성부르지 않았다. 선생은 젊은 시절의 많은 부분을 소설에 투여하였다. 선생은 소설을 쓸 때도 시인이었고, 시를 쓸 때도 시인이었다. 시와 소설은 매사를 구분하고 분석하려는 본능의, 소위 근대적 방법론으로 포장된 속스러운 고정관념만 벗어나면 어차피 한 몸과 다르지 않다. 소설을 이야기하면서 시를 이야기하는 방향은 선생의 시에 다가서려는 유의미한 골목이 되지 싶었다. 이참에 다시 읽은 선생의 소설은 단편문학의 교과서라 할 만하다. 특히 〈저녁연기〉와 〈사금〉이 그러하다. 서사와 인물의 심리와 대화, 그리고 배경이 정치(精緻)하게 삼투되면서 쾌적한 속도로 전개되는 구성법은 인상적이다.

선생은 재작년 겨울 '오탁번 소설'로 명명된 6권짜리 소설전집(태학사)을, 지난해 봄 10번째 시집 《알요강》을, 올 4월 그간 발표한 산문을 모은 《두루마리》(태학사)를 출간한다. 나는 이를 데뷔 반세기를 넘은 시인의 자기 응시의 더없이 아득하고 위태롭고 눈물겨운 형식으로 읽는다. 오탁번이라는 텍스트는 한국문학사에 앞으로도 너른 소매를 드리울 것이다. 선생은 지금도 제천 어디쯤, 용인 어디쯤, 아니면 서울 인사동 어디쯤에 몰래 숨어서 '이건 몰랐지?!' 하며, 그걸 매[鷹]의 눈으로 지켜볼 것 같다.

오태환 oth525@hanmail.net

시인. 1984년 〈조선일보〉 〈한국일보〉 신춘문예로 등단. 시집 《북한산》《수화》《별빛들을 쓰다》《복사꽃, 천지간의 우수리》《바다, 내 언어들의 희망 또는 그 고통스러운 조건》 시론집 《미당 시의 산경표 안에서 길을 찾다》《경계의 시 읽기》《그곳에 가지 않았다: 시의 아포리아와 시 읽기의 반성》)이 있음.